居酒屋すずめ

迷い鳥たちの学校

桜井美奈

JN118212

角川春樹事務所

目次

＊本書は二〇一八年十二月に文響社より単行本として刊行された小説です。

ただいま準備中

建物は築四十二年。駅から徒歩十二分。

東京近郊にある、シャッター通りと揶揄される商店街。そのはずれにある飲食店舗付き二階建て木造住宅。

売り出し価格は、土地・建物合わせて約三千万円。

自ら包丁を握るならともかく、住宅用にその金額を出すのであれば、もっと良い場所がある、というのは地元の不動産会社の人の話。投資物件としては価値が低い。

売主はその建物で現在も居酒屋を経営中。だが資金繰りに窮し、金融機関から追加融資を断られたことで、手放す決心をした。

明也は店内をゆっくりと見て回る。

店の掃除は行き届いている。テーブルやイスも傷は少ない。畳は何か所か汚れている部分はあるが、表替えぐらいで済みそうだ。キッチンの使いやすさの判断は、素人である明也にはできないが、この店の主人の、バカがつくくらい正直な晴彦が良いと言うのだから、信用する。

「二年前の改装の借金が一番大きいのか？」

「ああ。ただ親父が店長をしていたときも、収支的にはギリギリ……より、ちょい赤だったみたいだ。オレが店を継いだあとは、そのマイナスにもっと加速がついた」

「店を売れば、借金はチャラになるんだろうな？」

「銀行からの借り入れだけなら。ただ、引っ越しだの、次に住む場所の敷金礼金なんかをたすと……若干マイナスになると思う。まあ、何とかなる……何とか……」

ほぼ願望にしか聞こえない。

それでも明也は、ため息をこぼす代わりに質問をした。

「仕事のあてはあるのか？」

「ない。でも、居酒屋の求人ならいつでもある。それにうちは望が働いているから、オレの給料が入るまでの間、何とか生活できる」

「奥さんの給料は良いのか？」

「あー、いや。小さな会社の事務職だからそんなには。でも、これ以上借金を重ねて破産するくらいなら、すべてを手放して一からやり直した方が良いと思うんだ」

居酒屋の求人は確かにあるだろう。

高校卒業後、日本料理店へ修業に出ていた晴彦の腕は確かだし、洋食なども取り入れて、発想豊かな料理も作る。だからこの先、一生誰かに使われ続けるのなら、生きていけるとは思う。だが、一度手放した店を、再び持つとなると難しい。

頭を抱えている晴彦のつむじが見える。明也の人差し指が自然と動いた。

「おい！　人のつむじ、突然押すな！　便秘になるだろ」

「そうなのか？」

「いや、正確にはわからないけど……小学生のころ、そんなこと言わなかったか？」

「知らない」

晴彦の周りにはいつも友達がいた。だが明也はほとんど一人だった。人付き合いの苦手な明也のそばに来るのは、晴彦くらいだった。

何もかも面倒になって、部屋に閉じこもっていたときに、様子を見に来てくれたのも晴彦だった。

だからなのか、人生の気まぐれを起こしてみたくなった。

「俺が買う」

「何を？」

「この店」

「はあ？　買ってどうするんだよ」

「どう使おうが、買ったら俺の自由じゃないのか？」

明也は広い一軒家を所有している。この物件に手を出すメリットはない。

「遊ばせるためだけなら、売らないからな！」

「遊ばせておくのが嫌なら、晴彦が何とかしろ」

「あ？」

「居酒屋を続ければ良い。引っ越しもしないで良い。賃料は……そうだな。儲けの一〇パーセントをもらう」

「テンパー？　それじゃあ、代金を回収するのに……ええっと……何年かかるんだ？　一年じゃ無理だよな？」

「単純に計算して、年間の売り上げが億単位にならない限りは無理だろうな」

晴彦が突然立ち上がって、明也の胸ぐらをつかんだ。

「オマエ、そんなことしている場合かよ！」

にらむように、晴彦が明也を見ていた。だがどれだけ言われても、明也が一度口に出したことを変えないことは、晴彦が一番知っているはずだ。

やがて諦めたのか、晴彦は手を離してイスに座った。

「気にするな。どうせ親が死んだときに相続した、使い道のない金だ。経営は晴彦に任せられないから、俺が考える。料理は晴彦が作る。それで良いだろ」

明也はもう一度店を見回した。

内装はほとんど変えない。常連客もついている。ただしメニューの見直しは必要だ。品数が多いのに客が少なければ、材料の無駄が多くなるのはわかりきったことだ。営業時間も長い。最終電車が行ったあとに客が来ることなんて、この辺ではまずない。短くすれば晴彦の負担も少なくなる。しかもすでにいた従業員は解雇（かいこ）したから、晴彦ができる範囲でやれば人件費の節約にもなる。

ただそれでも、今いる常連客だけでは少ない。

「昼に何かできないか？」

「定食メニューを出すとか？　でもこの辺会社が少ないんだよなあ。ちょっと離れた場所に大学があるから、一人暮らしの学生も住んでいるけど、日中はここまで来ることはないし。昼間いるのは、小さな子どもかお年寄りか。んー……お年寄り向けのメニューとか、考えた方が良いか？」

「いや、それはやめた方が良い。昼も夜も晴彦が一人で店を回すのは、体力的に続かない」

「じゃあ、昼間は明也がやる？」

「どうしてそうなる？」

「だって明也は自宅でパソコン使って仕事しているから、時間の融通も利くだろうし」

「俺は料理ができない」

「さすがにオレだって、そこまでバカじゃねーよ！　料理は無理でも、明也は頭いいじゃん。勉強、すげーできるし」

「……だから？」

晴彦が何を言い出すのか先が読めない。単純かと思いきや、たまに斜め上のことを言い出すことがあるからだ。

晴彦は両膝の上に手をつき、犬がえさを求めるような目で、明也を見た。

「頼みがある」

「断る」

「即答かよ！　いやいや、聞いてくれ。毒食らわば箸まで言うだろ」

何もかも間違っている、と明也は思うが、口を開いた方が負けな気がした。そもそも、指摘しても晴彦には通じない。

「亮我のことなんだ」

亮我は、晴彦の奥さんである望の息子だ。望には離婚歴があり、亮我は連れ子だ。晴彦が望と結婚したのは一年前。晴彦が二十五歳のときで、そのときすでに亮我は小学校六年生だった。その亮我は今年の四月に中学校へ入学した。

明也も一度だけ会ったことがある。無口な少年だ。

「彼がどうかしたのか？」

「学校へ行っていない。不登校ってやつ」

「一度も？」

「いや、休みがちだったけど、週に二、三回は行っていた。ただ、最初の中間テストが終わったあとから、完全に行かなくなった」

「テストの出来が悪かったのか？」

「それが驚いてくれ！　五科目中四科目が満点。一科目……国語が九十八点だった。亮我って天才」

中学最初のテストの範囲は狭い。とはいえ欠席がちにもかかわらず、ほぼパーフェクトに近い点数をそろえるのは、勉強が得意な証拠だろう。

「小学生のころからそんな感じだったのか？」

「オレは六年のころからしか知らないけど、まあ、行ったり、行かなかったり」

「理由は訊いたのか？」

「もちろん望が訊いてみた。でも黙ってる。オレに至っては、口もきいてもらえない」

お手上げ、とばかりに、晴彦は両手を上にあげた。

晴彦の妻になった望は、明るく社交的で、六歳年上ということを感じさせない、かわいらしい女性だ。対して亮我は、大人っぽい印象を受ける子どもだった。ただ、そう感じさせたのは、顔立ちのせいなのか、表情のせいなのかは、明也にはわからない。

「しばらく様子を見たらどうだ？」

「しばらくってどのくらいだよ。いじめとかなら、様子見ってのもわかるよ。転校っていう手段もあるし。でも、学校の先生に訊いたけど、違うらしいんだ」

「理由なき不登校ってのもあるらしい」

「そうらしいな。ただ、さ、オレは学校が好きだったんだ。勉強は全然できなかったけど、友達に会うために行っていたくらい好きだったんだ」

「……人それぞれだろ」

「わかってる。無理強いするつもりはない。ただ、亮我は頭いい。だからそれは、無駄にしたくないんだ」

意外と考えているんだな、と明也はちょっと晴彦を見直す。

ただ明也は先刻からずっと、嫌な予感がしていた。晴彦が「頼みがある」と言ったからだ。

その予感が的中したのか、突然がしっと、手をつかまれた。

「頼む。昼間ここで学校——フリースクールを開いてくれ」

「何？」

「前に偶然、テレビで見たんだよ。居酒屋って夜しか使わないだろ。だから昼間空いているスペースをフリースクールとして使うってヤツ。そこで頼む。ここで昼間、亮我の勉強を見てくれ」

思ってもみなかった提案に、明也はひるんだ。

昼間に何かをすると言ったのは明也だが、そんなことは考えてもいなかった。

フリースクールと言われても、フリーの名のごとく、一般的な小、中学校のような決まりはなく、ほとんどは学校へ通えない生徒を対象とする場所……くらいの知識しか、明也にもない。

法律的には、開校はすぐにでも可能だろう。ただ指導者を雇うとなればコストがかかる。

だから晴彦が明也に頼むというのも理解できる。

「でも、俺は……」

明也は簡単に承諾できない。そして晴彦もすぐにうなずいた。

「わかってる。こんなこと、明也に頼むのはおかしいってことくらい。非常識だってこともわかってる。でも、他に頼れる人がいないんだ」

晴彦は勉強ができない。だけど、人として大切なものは持っている。

その晴彦が、わかっていると言いながら、明也に頼んでいるということは、本当に切羽詰まっているに違いない。

晴彦は明也の顔に、唾がかかるくらいの勢いでまくしたてた。

「一年だけ。一年間限定の学校でいい。その間に、オレは店を軌道に乗せる。さすがに借金を一年で返せる自信はないけど、やれる限り頑張る。だから頼む。オレを助けてくれ」

つぶす気か、と言いたくなるくらい、晴彦はギュッと、明也の手を握る。

「俺に何が教えられる？」

「勉強！」

「勉強なんて、できたところで役にたたない」

「そんなことない。少なくとも、亮我には必要だ。そして明也にはそれができる」

誰かのために……そんなことを明也はこれまで考えたこともなかった。

ただそれでも簡単にはうなずけなかった。

「それだと、儲けが出ない」

「でも宣伝にはなるだろ。話題になれば、居酒屋のこともどこかで取り上げてもらえるかもしれない。実際オレだって、それでフリースクールの存在を知った」

「それにしたって、日中にかかる維持費は必要だ」

「だったら他にも人を集める。亮我みたいに、学校へ行ってない人。一人、月七千円で三人いれば、昼間の経費くらいにならないか？」

明也の頭の中が高速で動く。一か月にかかる電気代、ガス代、水道代。確かに、昼に使う分だけなら、そのくらいで賄（まかな）えるだろう。ただし、宣伝という意味では博打（ばくち）だし、何より、あと二名も集まるか……。

「わかった。一週間だけ猶予（ゆうよ）をやる。一週間以内に三人集まったら開校する。その代わり、集まらなかったときは、他のことを考える。それで良いな？」

「わかった！　まってろ。すぐに集めるから」

意気込む晴彦をよそに、明也は冷（さ）めていた。

シャッター通りのはずれにある居酒屋に、誰が集まってくるというのか。

亮我くらいしかいない、と思う。

だがそれから三日後。明也は生まれて初めて、自分の読みが甘かったことを知る。

晴彦から「三人集まったから、開校してくれ」と、連絡が来たからだ。

第一話

「春」

村瀬亮我　十二歳

1

亮我は、母親が再婚したからといって、父親ができたとは少しも思っていない。だから父と思うのは嫌で、心の中では「コイツ」と呼んでいる。ただし本当に口にしたら母親がうるさいから、そこは適当に誤魔化(ごまか)していた。

「僕はどうしてここに呼ばれたわけ？」

夜は居酒屋をしている一階部分。中から二階の住居へ行くことは可能だが、外階段もあるため、亮我が店に来ることはない。

もっとも、ここ一週間ほど店は閉めている。再オープンのための時間らしい。

そのため、普段は生活時間のズレる晴彦が、最近は朝起きて夜眠る生活だから、うるささが増している。

それでも昨日までは、できる限り顔を合わせないように、市立図書館などに逃げ込んでいたが、今日は問答無用で「コイツ」に店へ連れてこられた。

「会わせたい人がいるんだよ」

「誰？」

「会ったら説明する。別に急ぐわけじゃないだろ。学校に行くわけでもないんだし」

亮我の弱点だ。晴彦の言う通り、亮我は中学校に行っていない。病気でも怪我(けが)でもない。夜中にゲームをしているわけでも、いじめられているわけでもない。

だけど行っていない。そこにはいくつか理由はあるけれど、説明しても大人はゴチャゴチャうるさいから、黙っている。黙っていてもうるさいというのも学習したけれど、悲しいかな、中学生の亮我には、これ以上の抵抗策はなかった。

「ところで、教科書は持ってきたか？」

「あるけど……何？　教えてくれるの？」

「お、質問があるか！　中一ならオレにもわかるかもしれないな。見せてみろ」

無理でしょ、と亮我は心の中でつぶやいてから、適当なページを開いた。

「ココ」

「三平方……の定理？」

「四角すいの体積を求めろって問題」

「四角すい……」

四角すい、四角すい、とうわ言のようにつぶやく晴彦を横目に、亮我は隠すことなくため息をついた。

最初から晴彦に期待なんてしていない。二階の住居部分は三室あり、そのうちの一つは亮我の部屋にしてもらった。だがリビングからすぐの個室は、大人たちの会話が聞こえてくる。居酒屋の経営が上手くいっていない理由は、晴彦のどんぶり勘定が招いた結果だということは亮我も知っていた。

「それにしても遅いな」

わざとらしく話をそらした晴彦は、数学の教科書を閉じる。落ち着きのない様子で、店内を歩き回っていた。

できないならできないと言えば良いのに、晴彦は亮我の前で格好をつけたがる。

うるさくて、バカ。

晴彦に対する評価はそんなところだ。母親がなぜ、晴彦（この人）を選んだのかわからない。ただ母親が以前より幸せそうだから、再婚そのものは良かったと思っている。

「オレ、ちょっと外を見てくる」

そのとき、店のドアが開く。

ごめんください、も、こんにちは、もなく、背の高い男が店の中へ入ってきた。

「おお！　遅かったな。今、明也の家まで行こうかと思っていたんだ」

「電話で良いだろ」

「居留守（いるす）使うことあるだろ。携帯なんか、しょっちゅう電源切っているし」

「切っているんじゃない。充電を忘れているんだ。別に不便ではない」

「こっちが不便なんだよ！　まあいいや。なんでもないなら。それより亮我。明也のこと、覚えているか？」

忘れるわけがない。テレビ画面から出てきたようなイケメンは、しっかりと記憶に刻（きざ）まれていた。

丸首のカットソーの上にカジュアルなジャケットを羽織り、ボトムスはスッキリとしたシルエットのパンツ。もちろん、特別印象に残る服装ではない。ただ同じブランドでそろえたであろう衣装は、明也に似合っている。

唯一残念なのが、散髪を数か月サボっているのか、長い前髪のせいで目が隠れていることだ。これで髪型まで整えたら、女子受けしそうだな、と亮我は思っていた。

「鈴村さんでしょ。一度ここで会った」

「おー、さすがだな。一年も前のことなのに覚えているなんて。やっぱ亮我、頭いいよ」

「普通だよ」

「いやいや。勉強できても、そういうのはサッパリってヤツが、ここにいるから」

晴彦の親指の先が、明也の方を向いている。

明也の視線がチラッと亮我の方を向く。が、何も言わずに、カウンターのイスを引いて座った。

前回会ったときも無愛想な人だと思っていたが、今回もその印象は変わらない。

明也はカウンターに片肘をついて、自分は関係ないという顔をしていた。

「今さ、亮我に三平方の定理ってのを訊かれたんだけど、明也説明できるよな？　亮我、ちょっと教科書を貸してくれ」

貸してくれと言ったのに、晴彦は人が動くのを待っていられないらしく、亮我が渡す前に自分から持っていった。

「これ、この部分」

明也は表情一つ変えずに、教科書を見ている。

「中一でわからないって、オレ、まじで自分がバカなんだと思ったよ」

「一じゃない、三だ」

「え？」

「これは中三の教科書」

晴彦が明也の手から教科書を奪い取る。表紙を見て「試したな！」と鼻息荒く言った。

「なんで、三年生の教科書なんて持っているんだよ？」

「学校のごみ置き場に去年の教科書が束ねてあったから、持って帰ってきた。一年の範囲はもう終わったし、二年のは見当たらなかったから」

「……つまり亮我は、五月なのに、もう一年生の内容を理解したってことか？」

「美術や家庭科までは見ていないけど」

一読すれば理解できたから、勉強したというほどでもない。

――中学に入ると、勉強が難しくなるよ。

小学校の教師も同級生も口々にそう言っていたが、配られた教科書を見て、ガッカリした。どれもこれも、読めばわかることばかりだったからだ。

明也が口を開いた。

「その様子だと、きっと二年の内容もすぐ終わるだろうな」

「そう思う？」

「中学なんて、そんなものだ」

「だよね」

晴彦がボソッと「こいつらの会話、何か嫌だ」とつぶやいている。

明也が再び、晴彦から教科書を取り返す。興味なさそうにパラパラと見ていた。

「これくらいなら、自分でできるだろ」

晴彦が一人で熱くなる。

「ここは好きなことを学ぶ場所にするから、もっと難しいものをやればいい」

「つまり、コイツにこれ以上のものを教えろってことか？」

「亮我が望むなら」

「ちょっと待って。僕の話なのに、どうして僕はのけ者なわけ？」

晴彦はなぜか嬉しそうに「よし、じゃあ好きなことを言え」と命令した。

その態度がウザい。亮我は自分が尊敬できない人の意見には従いたくなかった。

「僕は自分でできる」

「本人がそう言っているなら、俺は必要ない」

「ちょっと待てって、二人とも！」

晴彦はそれまでより、大きな声で叫んだ。

「もう開校は決定だから。だってそうだろ。明也が三人集めろって言うから、亮我の他に二名、もう入学者を決定した」

「え？」

亮我は開校も、三人云々の話も知らない。

「ちょっと待って！　開校とか、入学者とかってどういうこと？　何の話？」

亮我は二人を交互に見るが、明也は渋い顔をして黙っている。

晴彦が胸を反らして言った。

「ここを日中、フリースクールとして開校する。亮我は生徒。明也は先生。他に二名生徒がいるってことだ」

「フリースクール？」

「学校に行ってない人が通う場所。だよな、明也？」

晴彦のおおざっぱな説明に、明也がたまりかねた様子で補足する。

「一般的には不登校の生徒の居場所だ。学習塾のようにメインにするか、体験学習などをメインにするかは施設によって違う。法律に縛られない代わりに、一条校ではないから、厳密にいえば学校と認められているわけでもない。だからカリキュラムも自由だし、そもそも通学時間や日数にも定義がない」

「一条校？」

なぜか亮我ではなく晴彦が質問をしている。

「教育基本法第六条第一項に規定する『法律に定める学校』の範囲、だ」

「え、一条？　六条？　ってか、学校の法律なんてあるのか？」

説明が面倒なのか、明也は口をつぐんだ。亮我もそれは賢明な判断だと思う。

「いいよ。僕はだいたいわかったから。一言でいえば、学校に行かない人のための学校でしょ。勉強したい人はして、人と関わりたい人は、しゃべったりして。ここは……どっちにするのかわからないけど」

「オレは、できればいろんなことをしたいと思ってる。明也には勉強を見てもらって、中学校ではできない体験もして欲しい。具体的なことは始まってから考える」

適当だな、と亮我は思ったし、口に出さずとも、明也もそんな表情をしている。

二人が黙ったせいか、晴彦が勢いづいた。

「そもそも亮我。学校へ行かないことは、望も心配している」

ヒデェ、と亮我は思った。母親のことを持ち出されると逆らえない。

普段はバカなくせに、野性のカンが働くのか、こんなときだけ亮我の弱い部分をつつく。

「母さんは好きにしろって言ってた」

「それはわかってる。でも心配しているってのも嘘じゃないし、この先も一人で勉強を続けていくのは、不安そうだった。ここなら今も言った通り、明也が面倒を見てくれる。明也なら亮我の質問になんだって答えられる」

もはや抵抗はできないと悟ったのか、明也は脱力したように、肩を落としていた。

「亮我以外の二人は？」

「近所に住む木平さんって女性と、オレの親の知り合いで、やっぱり近所の森さん家の子どもの佑都君って男の子……ってほど小さくないな。二十歳だし。まあ、その辺の紹介は本人たちが来たときにするよ。じゃあ、これで決定ってことで良いな？」

「良いも悪いも……居酒屋は？」

「そっちも、いつでも始められる。メニュー数を減らして、価格を見直した。閉めていても収入にならないから、明日からオレが一人でできる範囲で始めるつもりだ」

反論できないのか、明也は苦々しそうに黙っている。

「ついでに、店名は変えろと言われたから、新しい看板はもう発注済みだ。今日の昼には届く予定」

「俺は聞いていない」

「善は急げって言うだろ。大丈夫。看板の代金は、知り合いのペイント屋に頼んだから、割り引いてもらった。ホラ、領収書」

晴彦が明也に小さな紙を一枚渡す。

それよりも亮我は気になることがあった。

「どうして、店名を変えるの？」

明也が答えた。

「イメージだ。大幅に改装するならともかく、基本的に店舗はこのまま使う。店長もそのまま。それでは新装オープンと銘打っても、客は違いに気づかない。店名を変えれば、手っ取り早くイメージが変わる」

なるほど、と思う。亮我にしてみれば、晴彦との生活はいつ破綻しても構わないが、それによって母親がまた辛い思いをするのは嫌だ。

当面、晴彦の言うことに従った方が、無難だという結論になる。

「それで、その店名は？」

以前は『居酒屋　ムラセ』だった。何のひねりもない。もともとは晴彦の父親が始めたときに付けたものだが、苗字が『村瀬』だからというだけだ。

晴彦が「すずめ」と言った。

「すずめ？　どうして？」

「んー……明也から店名変更を言われて悩んでいたときに、家の裏にすずめの雛がいてさ」

「そんなことあったの？」

「あった。早朝だったし、結局……死んじゃったから亮我には黙っていたけど。いや、オレは助けようとしたんだよ。でも凄く弱っていて、ものの十分くらいで動かなくなったから、何もできなくて」

「いきさつはわかったけど、それがどうしてすずめ？」

「んー……助けられなかった罪滅ぼしみたいな？」

雛が死んだのは晴彦のせいではない。すぐに息を引き取るくらい弱っていたなら、獣医の手にかかっても、厳しかったに違いない。

亮我にしてみれば、あまり縁起の良さそうではないネーミングに反対したくなったが、明也の反応は冷めたものだった。

「……看板も注文してあるならそれで行く」

「いいのか？」

「店名は晴彦に任せることになっていた。まあ……店名の由来をいちいち話さなければ、問題ないだろう」

「あ、そ……。そうだ！ ついでに昼間の方は『すずめの学校』にしたから。めだかの学校みたいでいいだろ？」

どこがいいのか、亮我にはさっぱりわからなかったが、晴彦は自分のアイディアにご満悦の様子だ。

「じゃ、そういうことで明日から開校な！」

「僕は認めてない」

「でも望が――」

納得できない亮我は、晴彦の言葉を奪った。

「母さんが心配しているのはわかった。でも中学の勉強なら、自分でできる。明也さんだってそう言った」

「そっか。でもさ、中学は独学でできても、高校は？ それとも働くわけ？」

矢継ぎ早に問われて、亮我は口ごもる。

「た、たぶん……高校」

「たぶん？　中学はダメでも、高校は行くのか？」

「きっと……。よくわからないけど」

「わからないなら、ここへ来い。明也から習うことが無くなるか、この先どうするか自分で答えが見つけられたら、来なくていいから」

な？　と強引な晴彦に、亮我はうなずくしかなかった。

2

『すずめの学校』は基本的に自学自習だ。それというのも、生徒の年齢もこれまでの学習環境も違いすぎて、一緒に授業を受けることが無理だからだ。

生徒の最高齢は八十四歳。晴彦が言った『近所に住む木平さんって女性』だ。亮我はまさか、祖母よりも年上の人と一緒に机を並べるとは思わなかった。もっとも木平ハツネは年齢のわりには元気で、もしかするとこの学校で一番意欲のある人かもしれない。時代のせいで高校へ行けなかったから、今勉強したいのだと言っていた。

そしてもう一人は森佑都。二十歳と聞いていたが、外見は高校生くらいにしか見えない。着古したトレーナーと、スウェットを穿いて、靴のかかとをつぶしていた。晴彦が質問しても「はあ」とか「まあ」とか、返事ははっきりせず『すずめの学校』に来ることも、嫌々という態度を隠さない。

『すずめの学校』は、一応、午前九時から午後四時半までとなっている。ただし出席自由、登校時間も強制ではない。

だから時間通りに登校するのはハツネだけで、亮我はその三十分後。佑都に至っては、お昼近くになってから来ることが多い。そしてもっとも遅く来るのが明也で、来てもカウンターの一番端の席を定位置にして、ノート型のパソコンを開いている。

新店名でのオープンに合わせて、店内でWｉ－Ｆｉが使えるようになったのも、客へのサービスというよりは、自分が使うためだろう、と亮我は思っていた。

先生がなかなか来ないから、勉強をしたいハツネは、質問があれば亮我に訊きにくる。久しぶりの勉強は、ほとんど忘れてしまったというが、ハツネはとにかく前向きだ。

「ねえ、亮我君。申し訳ないんだけど、手が空いたときで構わないから、あとで教えてもらえるかしら？」

自分よりもはるかに高齢の人に下手に出られては、断るのが難しい。しかも、手が空いたときに、とまで言われる始末だ。いっそのことハツネが嫌味なババアだったらいいのに、と思う。傍若無人で尊大で「今どきの若者は」くらい言ってくれれば「わかりません」と無視できる。

でもハツネは良い人だ。亮我と晴彦が言い争っていても、訳知り顔で「お父さんの言うこと聞かなきゃ」などと、世間一般の大人が言うようなことも口にしない。言うとすれば、ころあいを見計らって「お菓子食べる？」「お茶でもどう？」と勧めてくれることくらいだ。普段なら放っておいて欲しいと思う亮我でも、それをはねのけることなどできなかった。

佑都はWi-Fiの恩恵を受けてゲームばかりしている。たまにアニメを見ていることもある。ただし、いつもヘッドフォンをしていて、部屋の隅で静かにしているから害はない。

一番問題なのが晴彦だった。

店がオープンして、夜に働くから日中は二階で寝ているかと思っていたが、そんなことはない。営業時間を短くしたかわりに、仕込みから一人で行うため、店にいる時間が増えた。

これがうるさい。邪魔だ。包丁や水の音ならともかく、話しかけてくる。しかもそれが「河川敷に行ってサッカーするか？」「野球の方が良いか？」「本当は、勉強が嫌いなんじゃないか？」などと的外れなことばかり言う。

だから思うように集中できない。好きなように勉強しろと言っておいて、勉強させてくれないなんて、理解不能だった。

一度、あまりにもうるさくて一階から二階へ移動したら、「具合でも悪いのか？」と追いかけてきた。

その攻防戦に疲れた亮我は、晴彦が外出中、明也に訊いてみた。

「あの人、何とかならない……ですか？」

明也はパソコンの画面から視線をずらさないまま言った。

「そんな方法がわかれば、俺は今ここにいない」

それはそうだ、と亮我は深くうなずいた。

いったいこの二人はどういう関係なのだろう？

亮我は詳しくは知らないが、母親の口ぶりだと明也がこの店の借金の肩代わりをしてくれたらしい。子どものころからの付き合いだというが、友達というだけで、借金を払うとは思えない。そもそも、明也と晴彦が友達であること自体が不思議だ。

「僕、勉強したいんですけど」

とりあえず訴えてみたが、明也は黙ったままキーボードの上で指を動かしていた。

無理だと思っていたが、亮我が訴えてからすぐに、晴彦が店へ来ることが減った。

まさか本当に明也が動いてくれた？　と思っていたら、ハツネがその答えを教えてくれた。

「そうよ。亮我君の想像通り。この前、明也さんが晴彦さんに、勉強の邪魔をするなって言ってたわ。うなずかせるのに、かなり苦労していた感じだったけど」

晴彦に言わせると、明也は校長であり、理事長であり、学級担任であり、教科担任でもあるらしいが、生徒には関心が薄い――と亮我は思っていた。

でも違うのかもしれない。実際、亮我が「勉強したい」と訴えたときは黙っていたが、こうして晴彦を説得してくれた。

「お店のことについても、いろいろ話していたけどね」

きっと売り上げの話だろう。店名を変えてオープンしたものの、客足が伸びているとはいえない。昔からのお客さんは相変わらず来てくれているが、新しい客が来ないと、この先は厳しい。

「それにしても、どうしてそんなことをハツネさんが知っているんですか？」

ハツネは少女のようにうふふ、と笑った。

「歳をとると、仙人に近づいていくのよ」

それは嘘だろう、と亮我が疑いの目を向けると、イタズラっぽくハツネが「わかっちゃった？」と言った。

「この前、忘れ物に気づいて戻ってきたときに、二人が話していたのをちょっとね」

小さく舌を出しているが、つまり盗み聞きしたらしい。

この人も侮れないな、と認識を改める。

「亮我君の勉強を応援しようって気持ちは、みんなあるから大丈夫よ」

「それはありがたいですけど、この先……これからどうしようかって、何も決まらなくて。このまま中学に行かなかったら、進級や卒業だってどうなるかわからないし」

「あら、今の義務教育は、学校へ行かなくても卒業はできるはずよ。亮我君なら、高校入試は問題ないだろうから、気にしなくても良いんじゃない？」

「そうなんですか」

なんだ、と亮我は思った。そうだとすればなおさら、学校へ行く理由が見つけられない。

「でも高校へ行かなかったら、大学には進めませんよね？」

「行けるわよ。高卒認定試験に合格すれば。それも亮我君なら、問題ないと思うわよ。大学は行きたいの？」

「わかりません。大学がどんなところかも、よくわかりませんし」

「まだまだ、先の話だものねえ。ゆっくり考えればいいんじゃない？」

ハツネにそう言われると、亮我もそうですね、という言葉が、素直に口から出てくる。

「ハツネさんは、勉強してどうするんですか？」

「それって、おばあちゃんが今さら勉強しても無意味ってこと？」

「いえ、そうじゃなくて……」

亮我はそこまで言って、やっぱりハツネの発言は、自分が思っていたことだと気づいた。

「……そうかも。別に、今さら勉強しなくても、困らないと思います。失礼な言い方かもしれませんけど」

「ううん、そうなの。私もそう思うわ。でも何だかやり残したままの気がしてねえ。手に入らなかったものは、本当の価値よりも、高く見えることがあるのよ。亮我君にとっては無意味に思える中学も、病気とかで学校へ通えない人には、それ自体に意味があるかもしれないし」

なるほど。そういう人がいるのは理解できる。亮我はうなずいた。

「私はとりあえず、高校の勉強をしてみたいの。ただ、今から行くのは大変だから、さっき言った高卒認定試験ね。中学を卒業したのが七十年近くも前のことだから、勉強は小学校のこともよく覚えていないけど」

ハツネは意味があるかないかは別として、過去にできなかったことをしようとしている。バカだと思っている晴彦だって、高校は卒業している。

それに比べて亮我は今のところ、中学にもほとんど行っていない。高校だって、どうなるかわからない。

晴彦よりも出来が悪い、と思うのは癪にさわるけれど、学校へ通うということに関しては負けている。勉強だって、明也のようにできるかはわからない。

もしかしたら、自分がこの中で一番ダメな人間なのではないか、と思い始めると、亮我は不安になる。

そんな亮我の心中を見透かしたのか、ハツネがフッと息を漏らすように笑った。

「急いで考えなくても良いのよ。亮我君には、まだ時間はたっぷりあるんだから」

「そうかもしれませんけど……」

亮我には未来への道しるべが見えない。身近な大人たちを思い浮かべる。離別した本当の父親とは、三歳以降会っていない。だからどんな人なのか、よくわからない。そうなると……。

「明也さんって、あの人……と小学校は一緒だけど、中学から違うんですよね？」

ハツネがあらあら、と亮我の内心を見透かしたように笑っていた。

「あの人って晴彦さんのことよね。ええ、そうよ。二人とも同じ小学校だったけど、中学は、晴彦さんは地元の公立で、明也さんは受験をして私立へ行ったわ。うちの孫と年齢が近いから、小学校の行事では二人を何度か見かけたわよ」

「明也さんの中学ってどこなんですか？　ここから遠い？」

「ちょっと遠いわね。電車で一時間くらいかしら。あの子は昔からすごく頭が良かったから、良い選択だと思ったんだけど」

亮我は引っかかった。

ハツネの口ぶりだと、結果的に中学受験をしたことが悪かったように聞こえる。

「明也さんのレベルに、学校が合わなかったとか？」

「学力的なことは、私にはよくわからないけど、とても難しい学校に入ったと聞いたわよ。それでも上位の方にいたって話だったけど。まあねえ、学校が悪かったというよりも、おかしな仲間と知り合ってしまったってところが、一番の問題かもしれないのよね」

「おかしな仲間って……学校で何があったんですか？」

亮我が訊ねると、ハツネはアッと口元に手を当てた。

「ちょっとおしゃべりが過ぎちゃったわね」

ハツネのその態度に、亮我は明也の過去が気になった。

3

やっと晴彦が大人しくなったと思ったら、今度は中学校の担任が家へやって来た。ちょうど空き時間だったので、と突然の家庭訪問を装っていたが、事前に連絡していたことは、亮我にはわかっている。午後三時。いつもならまだ仕事中のはずの母親が、慌てた様子で帰宅したからだ。

亮我は自室で、リビングから聞こえる担任の声にイライラしていた。

「ですからお母さん。これまでの様子だと登校に支障はないようですし、学校へもう少し通うようにされてはいかがでしょうか」

「亮我が望むのならそうしたいと思いますけど、今のところその気はなさそうですし、しばらくは様子を見ようと思っています」

「ですが、学習はこれからどんどん進度を上げていきます。当然内容も難しくなっていきます。このままというのは難しいと思いますよ」

「それについては心配していません。夫が考えていますので」

「本当にそうですか？」

担任の声のトーンが変わる。これからが本番だぞ、とでも思っているのか、強い調子になった。

もっとよく聞きたくて、亮我はそっとドアを引く。

隙間(すきま)から見えるのは担任の背中だけで、母親の顔は隠れているが、さっきよりも声がよく通った。

「今のご主人とは、亮我君が六年生のときに再婚されたんですよね？　失礼ですが、本当に亮我君のことを考えていらっしゃるのでしょうか？」

「それはどういう意味でしょう」

母親の声が尖(とが)る。

担任はわざとらしい咳(せき)ばらいをしてから話した。

「ご主人は亮我君と十四歳しか違わないんですよね？　子育ての経験もないのに、突然大きな子どもの父親になるなんて、無理に決まっています」

「無理って、どうして先生が判断されるんですか？」

「今まで様々な家庭を見てきましたし、現に亮我君が学校へ来ていないからです。学校内でいじめがあれば、それは学校が対処する問題です。体調面で不安があるのなら、医師も含めて考えていく必要があるでしょう。ですが亮我君は、そのどちらにも当てはまらないのに学校へ来ません。だとすれば、ご家庭になにかあるとしか……」

担任教師は、担任なりに亮我のことを考えているのかもしれない。でも聞いていると、ムカムカする。

「それに、学校で多少問題があったとしても、それは彼が周りと解決していくことです。

同年代との生活の中で、人との付き合い方を学んでいく必要があるんです。このままでは、ご主人とお母さんのせいで、彼が犠牲になってしまいます」

台本でもあるのかと思うくらい、担任はよどみなく語る。

担任の言い分に我慢ができなくなった亮我は、ドアを全開にして二人の前に出た。

「僕が学校へ行かないのは、母さんが再婚したせいじゃない！」

「亮我……」

あっけにとられる母親を横目に、亮我は担任の方に向き直る。

「僕が学校へ行かないのは、学校がつまらないからです。授業だって、わかっていることをいつまでも繰り返すだけで全然進まない。同じ問題を何度もさせて、何の意味があるのか疑問です」

亮我が話している最中、何度も口をはさもうとしていた担任は、即座に反論した。

「それは、学習の定着を図るためだ」

「だったら、定着した人はどうすればいいんですか？」

「さらに定着させるために……」

「もう十分定着していても？　それでも同じ授業を聞いていないといけないんですか？　それは時間の無駄だと思います」

「亮我！」

耐えきれないといった様子で、母親が口をはさんだ。

「先生に対して、その口の利き方は失礼よ」

そうかもしれない。でも亮我は納得できない。

担任がうつむきながら言った。

「確かに今の授業内容は、亮我君には簡単かもしれない。いつまでこんなことをやっているって思うのかもしれない。でもクラスのみんなにとっては違うんだ。一度で理解できない人も少なくないし、理解したと思っても、時間が経てば解けなくなる人もいる。だから、繰り返し同じことをするのは、意味のあることなんだ」

「でもあの程度のことは、教科書を読めばわかります」

「うん……だけど学校は、君一人に合わせた授業はできないんだよ」

「だったら行きません」

「それは勝手だ。学校に来られるのなら、来るべきだと先生は思っている。もちろん亮我君にとっては、授業は退屈かもしれない。でも、世の中には勉強以外に大切なこともある。友達と話したり、遊んだり、勉強以外の中で得られる体験もあって、それは教科書だけでは学べない経験だ」

「ゲームやアニメやスポーツの話が？」

あとは、女子の品定めなんかもしているな、と亮我は思ったけど、さすがにそれは口に出さなかった。

担任は、そうだ、とうなずいた。

「同級生と話すことで、自分の知らない世界が広がる」

「僕はゲームもアニメも興味はありません」

「そのままじゃ世界が狭いままなんだ。人と付き合うことで、知る世界もあるから、学校は必要なんだ」

ダメだ。この人に何を言っても通じない。理解しようとしてくれない。理解してくれないのなら、放っておいてくれればいいのに、自分たちの理解の中に亮我を押し込めようとする。

亮我は無言で部屋へ戻る。やがて担任はドア越しに「待っているから」と言った。

その声を聞きながら、亮我の胸の奥では、チリチリと種火がくすぶっていた。


担任が帰ったあと、母親は「亮我の好きにしていいのよ」と言ってくれた。

嘘ではないだろうけど、すべてが本音でもないと亮我は思っている。少なくとも、晴彦には不安を漏らしていた。それでも母親は亮我を責めないし、無理に学校へ行けとは言わない。明也のことも受け入れているらしい。

だけど亮我は、どれもこれも納得していない。

晴彦の言いなりにはなりたくないし、明也のことだって怪しんでいる。

一階の店に行くと、午後三時半なのに、店には明也しかいなかった。

亮我に気づいた明也は、訊ねる前に口を開いた。

「ハツネさんは腰が痛いと整形外科へ、佑都は今日は来ていない。晴彦は買い忘れたものがあると、さっき出て行った」

「別に、訊いてないし」

亮我は担任の言葉にずっとイライラしている。そして今は、明也のおせっかいにイライラしている。理解してくれる母親にもイライラするし、『すずめの学校』なんてものを勝手につくった晴彦にもイライラしている。

大人たち全員にイラついて、亮我は鬱憤を抱えていた。

「学校なんて、なくていいのに」

「どっちの学校のことだ？」

「どっちもだよ。二つともなければいい。勉強なんて一人でできる」

「そうか。まあ、そうかもしれないな。でも俺は晴彦にお前のことを頼まれている。だから今から授業をする」

「は？　いきなり何だよ！　今まで何もしなかったくせに、なんで態度を変えるんだよ」

「……俺みたいにならない方が良いから」

「意味わかんないし。だいたい授業なんて、僕には必要ない！」

「そう言うな。中学ではしない勉強だ」

「え？」

明也がふん、と鼻で笑う。

興味を惹かれたことがバレた気がして、亮我は面白くない。

明也は勝手に話し始めた。

「原価率を知っているか？」

黙っていると、知らないと思われそうで、亮我は答えた。

「売り上げに対して、どのくらい元手がかかっているかってことでしょ。ここだと材料費ってことなんだろうけど」

「そうだ。じゃあ、五百円のメニューで二百円の材料を使った場合の原価率はいくらだ？」

「四〇パーセント。こんなの、小学校の算数だし」

「そうだな。じゃあ、粗利ってわかるか？」

「……儲け？」

「まあ、そんなところだな。じゃあ、この場合の儲けはいくらだ？」

「三百円。ただの引き算だ」

「そう。原価率四〇パーセントは、商売としては旨くない。実際の話をすると、ここに水道光熱費や調味料代、人件費もかかってくるから、原価率はもっと上がる。そうなると、さらに商売にならない。じゃあその場合どうするか。手っ取り早いのは値上げだ。価格を上げれば、儲けは増える。だが値上げした場合、それまでと同じだけ売り上げることができるか。今まで五百円だったものが六百円になっても売れるのか」

「無理じゃない？」

亮我の返事は明也が求めていた答えだったらしく、素早くうなずいた。

「最初は買い控えるえる人が増えるだろうな。最終的にどうなるかはいろんな要素が組み合わさってくるが。じゃあもう一つ質問する。客が商品やサービスを選ぶ基準は何だと思う？」

「値段？」

「多くは安い方に流れる。ただそれだと高額な商品は売れないことになる。でも現実には、値段の高い物だって売れている。それはどうしてだと思う？」

「必要だから。例えば車とか。ないと困る地域だってあるし」

「そういうケースもあるだろうが、なくても生活に差し支えのない、高額の商品だって売れている。絵画や宝石とかな。どうしてだと思う？」

「それは……」

自分を着飾るため。自慢するため。買うという行為自体を楽しむため。

いくつか考えてみるが、きっとそれは明也が求めている答えではない気がする。だが、計算ならともかく、抽象的な質問は正解がわからない。

明也は亮我が答えるのを待っている。

教師に質問されて答えられないなんて、これまでの経験上、亮我にはなかった。

「一人で学べることには限界がある」

「それって……」

もっと広い視野で勉強しろということなのだろうか。

確かに独学だと、亮我の興味のある分野にしか手を出さない。知ろうとすら思わないだろう。

担任に、学校へ来いと言われたときよりも、明也の言葉は亮我の胸の中に、すとんと落ちる。

そうかもしれない、と素直に思えた。

学校の勉強はつまらない。だけどあれ以来、明也は問題を用意するようになり、それが亮我の好奇心を上手にくすぐる。一番面白いと思ったのは、英語で書かれた数学の問題集だ。数学の難易度も中学三年レベルだから、悩むところがある。

英語は中学に入ってから本格的に勉強を始めたから、亮我もまだ辞書を引きながらでないと、理解できない。ただ亮我は、考えることが多いのは嫌じゃない。これまで勉強で「つまずく」ということがなかっただけに、わからないことを考えることが面白かった。

「ハハハ」

テキストを覗(のぞ)き込んだ晴彦が、不自然な笑い声をあげた。

「何？」

「亮我が宇宙語読んでる」

「英語だよ」

「オレにとっては、日本語以外、全部宇宙語。だって、火星人がしゃべろうが、フランス人がしゃべろうが、どっちもわからないから。それにしても良かった」

「何が？」

「明也がやる気になってくれて。その問題、明也が用意してくれたんだろ？」

「うん」

「思ったより早かったな。ま、なんだかんだ言って明也は、手を貸してくれると思っていたけど」

「楽観的だね。僕は放置されると思っていたよ。僕らのこと、興味なさそうだったし」

「そんなことないよ。オレ、子どものころだいぶ助けてもらったから」

それは晴彦が強引に巻き込んだのだろう。勉強を教えてくれるまで離れなかったに違いない、と亮我は思う。

まだ昼前だから、明也は来ていない。ここにいたら何と言うか想像してみたが、何も言わずに、一瞬呆(あき)れた視線を投げつけて、それで終わるような気がした。

ハツネが肩を落としてため息をつく。

「亮我君はあっという間に、そんなものまで読めちゃうようになったのね」

「まだ、すぐに理解できるほどじゃないです」

「それでも凄いわよ。私、どうも英語は……」

英語の話になると、いつも前向きなハツネも調子があがらない。

年齢的に英語は勉強していなくても当然だから、と明也も言っていたし、亮我もそう思う。ただ、高卒認定に合格するには、英語も必須だから、避けては通れない。それ以外の科目も忘れているからとりあえずできそうなところから手をつけている、と言っているが、いつまでもこの調子ではハツネの目標に届くのは難しいだろう。

勉強って何だろう、と最近亮我は思う。

ハツネのように、はたから見れば必要がないと思う年齢になっても勉強をする人もいる。

晴彦のようにできなくても生きていける。できないことを恥じている様子もない。かと思いきや、明也のように凄く勉強ができても、活かせていないんじゃないかと思う人もいる。

調理台の方を見ると、晴彦が包丁を握っていた。トントントンと、一定のリズムを刻む。下ごしらえの時間にしては早い。と思っていると、やがて食欲をそそる香ばしい匂いが漂ってきた。

時間は午前十一時五十四分。学校にいるときも一番、空腹との闘いの時間だ。

勉強に集中しよう。そうは思うものの、亮我の意思に反して、視線は晴彦の手元に行く。

晴彦が白い歯を見せた。

「味見するか？」

「……店で出すものじゃないの？」

「昨日の余りものをちょっとアレンジして、新しいメニューにならないか試していただけだから。ハツネさんも良かったら食べて、感想をください」

「あら、嬉しいわ」

餌をもらえるから近寄るなんてカッコ悪い。

だけどハツネと一緒に味見なら、口実があって、カッコ悪さが誤魔化せている気がする。

皿にはキツネ色で、スティック状の食べ物が盛られていた。

「春巻きの皮？」

「そう。昨日、春巻き作ったんだけど、皮だけ余ったから、何かできないかと思って。中身もちょっと、余りものだけど」

いただきます、とハツネが先に手を伸ばす。

想像していたよりも中が熱かったのか、ハツネは反射的に口に手を当てていた。

「熱いけど美味しいわね。普通の春巻きよりも油っぽくなくて、私には食べやすいわ。中は、大葉と鶏のむね肉……それと梅肉ね」

「うん、美味い」

噛むごとに、外側の皮がパリパリと音をたてる。細かく裂いた熱々の肉と、酸味の効いた薄紅色のソース。大葉のさわやかな香りが亮我の鼻を抜ける。

晴彦が親指を立てた。

「さっすがー、ハツネさん。その通り。オーブンで焼いたから、油っぽくないんですよ」

「ええ、本当に美味しい。何度で焼いたの？」

「とりあえず今日は、二百度ですね。もう少し高くしても良かったかな、と思いますけど」

「僕はもう少し、こってりしていた方が好きかな。これも美味しいけど」

晴彦は気に入らないけど、晴彦が作る料理は美味しい。だから嘘じゃない。でも、亮我には少し物足りない。

ハツネがもう一口パリッと音をさせて食べてから言った。

「亮我君はそうかもしれないわね。むね肉はどうしても淡泊だし」

「ですね。ちょっとジューシーさが足りないなあ」

「私はこのくらいが好きですよ。減量中の人にも喜ばれるんじゃないかしら」

「ターゲット別に考えるってことですか。となると、これを喜びそうなのは食の細い――男とか」

人差し指を入り口に向けた晴彦がそう言うと、ドアが開いて明也が入ってきた。

「明也さんが来るって、よくわかったわね」

ハツネが目をまん丸にして驚いている。

得意満面の表情を浮かべている晴彦に、亮我は淡々と言った。

「影が見えたんですよ。この時間ここに、細身で長身の人が来るなんて、どう考えても明也さんしかいないから」

「いったい何の話だ」

晴彦が答えた。

「明也ならこれ、好きかなって」

晴彦が一本、スティックを渡そうとする。が、明也は「いらない」と受け取らなかった。

「オマエなあ。ちっとは食えよ。昔から食べ物に執着しなさすぎなんだよ」

「死なない程度には食べてる」

「そうじゃないだろ。食べるって行為はなあ、一日三回。一年三百六十五日の楽しみだろ。美味いものを食べるだけで、幸せだなあって思ったりするだろ」

明也は軽く首をかしげる。しばらく悩んだ様子を見せたが、結局かしげた首はそのままだった。

「ないのかよ！　ああもう、絶対そのうち、明也が美味いって言うもの食わせるからな」

「手ごわそうだけど、頑張って」

「せいぜい頑張ってくれ」

ハツネは他人事だからか何だか楽しそうだし、明也も面白がっているのか、薄らと笑っている。

でも亮我にしてみれば、これは結構難題に思う。

食に対して興味が薄い人は、それはもう、持って生まれた性質みたいなものじゃないだろうか。

そういう人は、亮我の小学校の同級生にもいた。好き嫌いがあるわけではないのに、給食の時間になると辛そうにしていた。食べられる量が人と違うから、同じ量が配膳される給食が苦痛らしい。

人と同じことが苦痛。勉強に対しては得手不得手の違いはあれど、亮我も似たような感覚を持っていたから、そういう人もいるんだ、と理解できる。

晴彦に何か策でもあるのかと思って訊ねた。

「明也さんに美味しいって言わせるにはどうするの？」

さあ？　と晴彦は肩をすくめる。

「これから考える」

「じゃあ……今作ったのは、どうやって中身を考えたの？」

「余った材料を頭の中に思い浮かべて、あとは……カン？」

適当なのか、と亮我は思う。

晴彦は残っているスティック春巻きに手を伸ばし、眉間にシワを寄せた。

「相性の良い食材ってのはさすがにもうわかるからさ。ただ、想像していたよりもやってみたら美味いってこともあるから、難しいんだよなあ。ま、そういった発見とかが面白いんだけど」

晴彦の料理は、野性のカンと経験に基づく知識を、足し算引き算しながら作り上げているのだろうか。

そもそも料理には、数学のように正解はない。だから、いくら明也が数学や英語が解けてもできない。

何の食品が好きかと質問攻めにする晴彦を軽くいなしながら、いつものようにパソコンを起動させる明也の横顔を見た。

亮我はハツネが言っていたことがずっと気になっている。中学のときに、何かあった口ぶりだった。そもそも明也ならこんな居酒屋の片隅で仕事をせず、もっと違う場所で働いていた方が似合う気がする。それにこの前、明也自身が「俺みたいにならない方が良いから」と言っていた。

何があったのだろう？

「課題は終わったのか？　ないなら次のを渡す」

見ていることに気づいているとは思わなかった亮我は慌てた。

「あ、ううん。まだ」

「そうか」

終わっていないからといって怒られるわけではない。

明也はそれ以上は何も言わず、パソコンと向き合っていた。

4

朝から気温が高くてジメジメしていた。その朝、亮我は母親と些細(ささい)な口論をした。

日中仕事へ行く母親の代わりに、洗濯(せんたく)は亮我の仕事だ。その洗濯物の干(ほ)し方を注意された亮我は、だったら自分でやればいいだろと言い返し——わかる。あとから考えると、亮我のやり方がまずかった。

ただ、自分が悪いのに言い返したせいでバツが悪い。後悔は重くのしかかるし、そのせいでモヤモヤがイライラになる。

とどめはその日、明也に渡された問題が解けなかった。その前日、それまで渡されていた問題の難易度に、亮我が「手ごたえがない」と言ったからだろう。かなり難しい問題を与えられた。

わからなければ明也に訊けば教えてくれる。だけど無関係なイライラが亮我に意地を張らせた。

「無理するな」

なみなみと注がれたコップに加わった最後の一滴。

明也の言葉は、恐らくそんなものだったと思う。だけどそれが、たまっていた亮我のイライラを爆発させる原因となった。

「警察に捕まるって、どんな感じなんですか？」

明也の顔色がサッと変わる。それを見た亮我は、ハツネから聞いた話に確信を持った。

――おかしな仲間と知り合ってしまったってところが、一番の問題かもしれないのよね。

その言葉から想像できること。

亮我の想像と違えばハツネは違うと言うだろうし、当たっていれば動揺するだろう。だから先日、ハツネと二人きりのときを狙って「明也さんが、中学のときあんなことするなんて思いもしませんでした」と鎌をかけてみた。するとハツネは「あら、本人から聞いたの？」と、当時何があったのか話し始めた。ハツネもまさか、亮我が自分を騙すとは思わなかったのだろうし、明也を理解して欲しかったのかもしれない。

もっとも、ハツネの情報は『近所に住む人たちの噂話』の域を出なかったため、亮我もそのまま鵜呑みにできなかった。

だが、それは噂でも何でもなかったらしい。

「ただい――」

「明也さんって中学のとき、事件起こしましたよね？」

鼻歌交じりで帰ってきた晴彦が、亮我のところへすっ飛んできた。

「亮我！　オマエ、何言ってんだよ」

興奮する晴彦の隣で、明也の表情は元に戻っていた。

「そうだ、と言ったらどうする？」

二〇センチ以上高い位置から、明也が眉一つ動かさず亮我を見下ろす。

その冷静さが、さらに亮我をイラつかせた。

「先生が犯罪者なんて、いいわけない！」

「今どき、教師が聖職者なんて思っているヤツは、どこにもいない」

「だからって、犯罪者はいない。だいたい犯罪者に何を教わるの？　法に触れること？

それとも警察に捕まらない方法？」

止まれ。口を止めなければ。

亮我だって今していることが八つ当たりだとわかっている。カッコ悪いとも思う。思うのに、加速がついた口は、理性で止められない。

対照的に、明也は静かにうなずいた。

「なるほど……そうかもしれないな。でも俺は、法に触れることを教えたことはない。もちろんこの先も教えるつもりはない。それでも不満か？」

「それは……」

「大方、俺のことはハツネさんあたりに、適当なことを言って聞いたんだろう。もちろんハツネさんは悪くない。ただ亮我。その頭の使い方は間違えるな。俺みたいになるぞ」

亮我は沸騰（ふっとう）した頭に、冷水をかけられたみたいだった。それでも疑問は消えなかった。

「いったい何を……」

「亮我、いい加減にしろ！」

晴彦が亮我の胸ぐらをつかむ。怒りに満ちた目が、亮我をとらえていた。

「オマエ、誰にだって触れられたくない過去くらいあるって想像はできないのか？　どんなに勉強ができても、それじゃあダメだってわからないのかよ」

初めて晴彦を怖いと感じた。

それまで何があっても、声を荒らげるようなことがなかった晴彦が怒鳴（どな）っていたから。

乱高下する感情の持って行き場がない。もはや亮我は、自分でも何を言っているのかわからなくなっていた。

「うるさいな！　アンタは関係ないだろ！　そもそもアンタは僕の何なんだよ！　何の権利があって、僕の生活に口を出しているんだよ！」

一瞬、晴彦の手の力が緩む。

その隙に亮我は晴彦を突き飛ばして、店を飛び出した。

後先考えずにすべてを投げ出せる性格だったら良かったのに、と亮我は思うことがある。家を飛び出して、ヒッチハイクをし、どこか見知らぬ場所に住み込みで働き、いつか大人になって親に顔を見せて……なんてことは中学生の今はできない。仮にやろうとしても、悪い大人に使われるのが目に見えている。

だから結局のところ、家に帰るしかない。

財布も何も持たずに家を飛び出した亮我は、夕食の時間には自宅へ向かっていた。情けないかな、目下のところ空腹が一番辛い。

だが家の前まで来て、亮我は首をひねった。もうとっくに居酒屋はオープンしている時間なのに、店は閉まっている。

疑問に思いながら、外階段を上る。玄関ドアを開けると、中はしん、としていた。

「母さん？」

　普段ならもう帰ってきているはずなのに返事がない。台所も寝室も風呂もトイレも、どこにも母親の姿はない。

　残業だろうか。それとも、自分を探しているのだろうか。

　亮我が不安を感じたとき、テーブルの上に置かれた、メモが目に入った。

　――亮我へ。帰ったら、お母さんに連絡入れなさい。

　母親の文字だ。いつもよりも文字が荒れている。心配はしているだろうが、それ以上に怒っている感じがするのは、亮我の気のせいではないだろう。家を飛び出したことを、晴彦から聞いていないわけがないのだ。

　部屋に置きっぱなしのスマホから、母親にメッセージを送る。

『帰ってきました』

　返信はすぐに来た。

『頭は冷えた？』

『はい』

『じゃあ、ちゃんと謝らなければならない人たちに、謝りなさい。お母さん、お祖母(ばあ)ちゃんの具合が悪いから、今日はこっちへ泊まるから』

　母方の祖母はここから二駅先のところで、一人で暮らしている。具合が悪いからと母が呼ばれたらしい。

『お祖母ちゃん、大丈夫なの？』

『熱はあるけど、ただの風邪だから大丈夫よ』

どうやら祖母は心配なさそうだ。

母親はずっと亮我を心配していたのだろう。いつもは返信が遅いのに、今日はすぐに返事が来た。亮我から連絡が来るのを、スマホを片手に待っていたに違いない。

母親とのことが解決すると、気になるのは晴彦だ。店は閉まっている。もしかして明也の自宅にでも行っているのだろうか。

疑問を感じながら、亮我は内階段に続くドアを開ける。店の方から何やら音がした。

亮我は足音を忍ばせて内階段を下りる。残り三段というところで話し声が聞こえて、足を止めた。

「オレだって亮我の父親になれるとは思ってないんだよ。人に言われなくても、中学生の父親って年齢じゃないし。二十六で十二歳の父親ってことは、ヤッたのは十三ってことだろ？　今の亮我とほとんど変わらないときに、現実の女子と何かあったなんて、オレの人生では想像もできないからさ。実際なかったし」

亮我に聞かれるとは思っていない内容だ。ちょっと微妙な気分になる。

むず痒くなるようなものを感じながら、それでもその場にとどまった。

「だからさ、父親と呼ばれることまでは、望まないようにしているわけ。もっと言うなら、兄的存在も諦めてる。望と夫婦になったことは事実だから、そんな相手に兄になれって無理な話だろうし」

グラスがダンッと、置かれる音がする。口調からして、酒を飲んでいるようだ。

「ああ」

明也の声だ。酔っぱらいに付き合わされているらしい。

「オレ、亮我に何も教えてやれないんだよな。頭の出来が違うし」

「確かに違うな」

「望の話だと、亮我の父親ってのは、かなり勉強ができた人なんだって。相手の家が結構な家柄らしくて、それで面倒なことになったとは言っていたけど。だから亮我の頭が良いのは、父親の影響なんだろうな」

「少なくとも、晴彦の遺伝子が入っていたら、ああはならなかったな」

「ヒデー言い方だな。少しは友人を慰めようって気はないわけ?」

「ない」

断言の仕方が、一ミリたりとも取り付く島がない。だが、こういったやり取りはいつものことなのか、晴彦は笑っている。

ひとしきり笑い声がしたあと、ぷはぁーと、晴彦が息をはいた。どのくらい飲んだのだろうか。

今日はもう店を開けるつもりはないのだろう。明也が止めないということは、好きなだけ飲ませるつもりなのかもしれない。

晴彦がボソッとつぶやいた。

「オレは亮我と家族になりたいんだよ」

「そうか」

「でさ、お父さんと呼ばれるところまでは求めないけど、せめて名前で呼んで欲しいんだ」

「そうか」

「明也、オレの話、適当に聞いているだろ」

「ああ」

なんだそれ、と亮我は思うが、晴彦はまた笑っていた。

亮我は晴彦の本心を聞いてしまって、これからどういう顔をすればいいのかわからない。ただ、一緒に住んでから「アンタ」とか「ねえ」としか呼びかけていなかったことに、気づかれていたのだと知った。

しばらく沈黙が続く。そのとき、亮我の腹の音が鳴った。

——ヤバい。

あまりにも間抜けなタイミングだ。焦(あせ)った亮我は、息を殺して、身を硬(かた)くする。

動けずに固まっていると「おい」と、階段の下から明也が顔を出した。亮我を見ても、特に驚いた様子もなく、いつも通りの口調だった。

「食うものがあるぞ」

「でも……」

「寝ている。晴彦は酒に弱い」

気まずさを上回るくらい、亮我は腹が減っていた。抵抗する気力もなく、店舗に足を踏み入れる。

晴彦は座敷の上で寝ていた。

明也が残った料理をカウンターの方へ運び、一人でグラスを傾ける。

「中学生には、酒は出さない」

「わかってます」

カウンターの上には、焼きおにぎりや刺身などがある。

それとは別に、この前のスティック風の春巻きのようなものもあった。

「亮我にだとさ」

「え？」

反射的に座敷の方を見る。もちろん寝ている晴彦は何も言わない。

「熱いうちに食わせたかったみたいだけどな」

料理に手を伸ばす。カリッと音を立てた春巻きの皮は、口の中でパラパラと散る。中からトマトソースと、少し固まったチーズ。そしてベーコンが出てきた。

「あ……」

油で揚げてあるそれは、チーズとベーコンの塩味と、トマトの酸味がハッキリしていて、コクがあった。揚げたてなら、チーズが溶けていてさらに美味いのだろう。でもこれでも、十分美味い。いくらでも手が伸びた。

「僕が、こってりした方が好きって言ったから」

「その話はわからないが、イタリアのカルツォーネを参考にしたそうだ。イタリア語なんかわからないはずなのに、料理だけはよく知ってる」

明也はそう言いながら笑っている。

だけど亮我は、笑うよりも泣きたくなった。

外国語はすべてわからないと言っていたのに、晴彦は必要なことはちゃんと勉強している。

これ以上みっともないところをさらしたくない亮我は、無言で食べた。

人心地つくと、箸を置いて頭を下げた。

「ごめんなさい」

「謝るようなことをしたのか？」

「だってその……」

「すべて本当のことだ。とはいえハツネさんだ。若気の至りくらいに思ってくれているんだろ。もしくは、俺がやらかしたことが、どれくらい悪いのかをわかっていないか」

「たぶん……どっちもだと思います」

明也が苦笑する。

「だろうな。ハッキングなんて言っても、あの世代は知らない人が多いから」

明也の言う通りだ。ハツネの説明はよくわからなかったし、ハッキングという言葉も今初めて聞いた。ハツネは「明也さんは、人のパソコンに、何かイタズラしちゃったみたいなの」と言っていた。学校のパソコンを壊したか、せいぜい教師が使うパソコンに作為を施した程度の口ぶりだったが、それだけで学区外のハツネの耳にまで話が広まるわけがない。それ以上のことをしたのだと、亮我は想像していた。

「どうして、そんなことを……」

「面白かったんだ。自分の知識を使うことが。亮我と一緒だ。俺も中学の勉強なんてつまらなかった。受験してもそれはあまり変わらない。確かに、小学校のころよりは周囲も勉強するようになったが、やっぱり教科書を読めば、大体のことは理解できた」

「退屈だったから、犯罪を？」

「いや、犯罪という意識すらなかった。知識はあっても、使い道がなくて持て余していたところ、同級生におだてられて、やってしまった。直接人に怪我を負わせるわけじゃないから、現実的に考えていなかったのかもしれない。だが警察に呼ばれて、それがリアルな犯罪だと気づいた。十三歳だったから、法で裁かれることはなかったが」

「学校は？」

「退学だ。そこからずっと家にいた」

「何年間？」

「四、五年はほとんど出なかった。それ以降も大きく違わない」

「でも大学は出ているって……」

「日本より、アメリカの方がネットで何でもできる。家にいたって勉強はできるさ」

「だけどこの前、一人で学べることには限界があるって、明也さん……」

「あれは俺が言ったんじゃない」

明也が自嘲的な笑みを浮かべた。

その表情が明也らしくなくて、亮我は言葉が出てこなかった。

「十七、八のころだ。家にいて、本を読むかパソコンをいじる以外、特に何もしていなかった俺に、晴彦が言ったんだ。一人で学べることには限界があると。確かに、教科書を読めば数学の解き方はわかる。ネットをつなげば他言語を学べる。でも知識は増えていっても、結局のところ、問題を起こした中学のときと同じで、使い方がわからなかったんだ。晴彦がどんなつもりで言ったかわからないが、あのまま家の中にいたら、俺は何も変わらない気がしたから、少しだけ外へ出て、世界とつながってみることにした」

「……そうしたら、何か変わった？」

「知りたいことが増えた。それまで以上に、学びたいことが多くなった。学問は一見バラバラに見えても、根っこのところでは全部つながっている。例えばその料理」

明也の人差し指が、空になった皿の上をさしていた。

「イタリアの料理を深く知ろうと思ったら、文化や歴史が関係してくる。食材までさかのぼれば、風土や気候も関わってくるだろう。本格的にイタリア料理を勉強したければ、言葉だって覚えた方がスムーズに進む」

「そこで寝ている人が、そこまで理解していたとは思えないけど……」

「だろうな。晴彦は名前を書けば入れるような高校に休むことなく通って、それでも留年しそうになったバカだから」

救いようがない言い方だ。ただそう言っている明也は、決して晴彦自身をバカにしているようには感じられなかった。

「学校って、やっぱり行った方が良いと思う？」

明也は「わからない」と言い切った。

「その質問は俺より、晴彦の方が答えを知っているはずだ」

亮我と明也は晴彦の方を見る。

晴彦は大の字で、気持ちよさそうに寝ている。自分のことを言われているなどとは、これっぽっちも思ってなさそうだ。

「この前、客はどういうときに購入しようと考えるか？と訊いただろ。あの質問は俺も答えられなかった」

「え？」

「それも、あそこで寝ているバカが言ったことだ」

亮我は自分が情けなく思えた。だけど、今日一日感じていたイライラは、もうどこにもなかった。

「晴彦に言わせると、売れるのは高いか安いかではない。客が満足するものを提供する、ことが重要らしい」

「そのわりには、店をつぶした」

「それ以前の問題だ。商売である以上、収支を考えずに、客が満足するものを出していたらつぶれる。経理はほぼどんぶり勘定だったし、無駄が多すぎた」

「そんなので、お店は何とかなるの？」

「金銭的なことは俺が考える。あとは晴彦次第だ」

それで任せておいて大丈夫なのだろうか、と思う。更に借金を作るような羽目にならないだろうか。

亮我が不安を感じていると、明也が柔らかく笑った。

「心配するな。晴彦だって、いろいろ考えているさ」

その言い方に、一抹の不安を感じるものの、明也と、そして晴彦を信じてみようかと、亮我は思い始めていた。

5

ふと目が覚めた亮我が枕もとの時計を確認すると、午前一時半を過ぎたくらいだった。明也が『すずめ』をあとにしたのは午後九時。そのときはまだ、晴彦は店で寝ていた。亮我もすぐに二階へ上がり、十一時ごろにはベッドに入ったが、そのときもまだ晴彦は、二階にいなかった。

晴彦が気になった亮我は一階へ下りる。こんな時間だというのに、包丁の音が聞こえてきた。

居酒屋は煌々と電気がつき、晴彦はブツブツと何かをつぶやいている。

「何してるの？」

「うわっ！　ビックリした。こんな時間まで起きていたのか？」

「目が覚めたんだ。そっちこそ、こんな時間に何してるの？」

「おかしな時間に寝たから、寝られないんだよ。で、目が覚めたついでに、新メニューというか、新しい組み合わせを考えてるところ」

「組み合わせ？」

「そうそう。常連さんの中に栄養士をしている人がいるんだけど、この前ちょっと相談に乗ってもらったんだ。今ある単品メニューを組み合わせて、健康的に食べるってヤツ。居酒屋の料理を使うから新しく材料仕入れるコストはかからないし、新メニューを作る前に、何か目玉になるものを出したいしさ。オレの料理、食ってもらえればわかると思うんだよね。良さが」

「生活習慣病向けとか、ダイエット向けとかってこと？」

「そうそうそんな感じ。あとは酒飲みのつまみセットや、逆に酒を飲まない人用とか。食品の組み合わせで悪酔いしにくくなったり、ダイエット効果が高まったりするらしいから」

「それならスポーツ選手向けとかは？　大学生用のアパートがこの先にあるけど、トレーニングウェア姿の人とか、結構見かける。スポーツしている人が、一人暮らしで栄養面を考えるのって、大変じゃないかな」

「お！　ナイス。ん ー、でもそれは競技によって、必要なカロリーや栄養が変わりそうだな。東雲さんにまた相談してみよう」

晴彦は忙しそうに、手を動かし、頭を悩ましている。

いても邪魔かと思い、亮我が二階へ戻ろうとすると、晴彦が呼び止めた。

「亮我、写真撮るのは得意か？」

「得意でも苦手でもないけど」

「オレはダメなんだよ。組み合わせの参考として、メニューに写真を載せるつもりなんだけど、どうも上手く撮れなくてさ。これ、ちょっと見てくれ」

晴彦から渡されたカメラの写真を見ると、確かにダメという言葉は、謙遜でも何でもなかった。

料理はフレーム内に収まっているが、角度が悪い。色彩が悪い。明るさが悪い。一言でいうならば、美味しそうに見えない。

亮我もこれなら、自分の方がマシだと思った。

「わかった。僕が撮る」

「サンキュ。もうちょっとで準備が終わるから、それまでここで、茶でも飲んで待っててくれ」

会話が途切れると、夕方のことを思い出して亮我は気まずくなる。
このまま忘れたふりをしたい。そう思う一方で、晴彦にも謝らなければ、亮我は先へ進めないと思う。

「明也さんも中学の途中から、学校へ行かなくなったんだってね」

盛り付けをしていた晴彦の手が止まる。

「本人から聞いたのか？」

「うん。……事件のことも」

「よく教え……でもないか。明也は亮我のことを、自分と重ねているみたいだから」

「そうなの？」

「たぶんな」

そうかもしれない、と思った。

明也は勉強を教えようとしたとき「俺みたいにならない方が良いから」と言った。やる気がなさそうにしながらも、亮我の勉強を見てくれるのは、そんなところからかもしれない。

「明也なりに亮我のこと、心配してるんだよ」

「うん」と答えると、晴彦は調理台に両手をついてうつむいた。

「亮我はやるなよ」

少しだけ怖いと感じるくらい、晴彦の声は真剣だった。

「やらないよ！　そんなことをしたら、母さんを泣かせ……いや、今でもそっか。学校に行かないから」

「あのなあ、そんなことで望は泣かないし、無理に行けとは言わないよ」

「でも心配はしている」

「それはそうだな。ただ、どこにいても心配はするものなんじゃないか？　中学へ通っても、ここで勉強しても」

「そんなもの？」

「たぶんな。だからどっちを選んでも良いんだよ。他にもっと亮我が行きたい場所があるなら、そこでも良い。ただ、勉強しなかったオレが言っても説得力がないかもしれないけど、勉強はできたほうが良い。そのために必要なら学校へ行け。まあ、オレは学校へ行ってもバカだったけど、学校は好きだった。友達と話したり、早弁したり、授業中に寝たり」

「それ、学校へ行く意味ある？」

「オレにはあったんだよ。机に向かっているのは苦手だったけど、人との付き合い方は勉強したつもりだぞ。それは一人じゃできないだろ。一人で学べることには限界があるだろ。だからできれば、どこかへ行った方がいいと、オレは思ってる」

――一人で学べることには限界がある。

昔、晴彦が明也に言ったことだ。

もしかしたら晴彦もまた、明也と亮我を重ねているのかもしれない。

「でも、もし僕が中学へ戻ったら、ここはハツネさんと、佑都さんだけになるけど」

「戻ったとしても、籍は置いておけば良いさ。フリースクールってのは、フリーなんだから、いつでも出入り自由だ」

「そうかもしれないけど」

「だいたい亮我の場合、学校へ戻っても結局、授業が簡単すぎることには違いがないんだろ？　明也から教わるのは、面白くなかったか？」

「面白かった……」

「だったら、無理に一つに絞ることはないさ」

単純な話だが、亮我は目から鱗が落ちた気分だった。

「それに、亮我が普段中学へ行ったとしても、ここにはもう一人いる」

「どこに？」

「いるだろ。『すずめの学校』には」

普段この『学校』にいる一人一人の顔を思い浮かべる。だけど最後に浮かんだ人の顔は、前髪で隠れていてよく見えない。ただ定位置にいる後ろ姿は、もうこの店の一部になっていた。

そうか、と亮我は思った。ここは、亮我やハツネや佑都以外にも必要としている人がいるのかもしれない。きっとその人には「迷惑だ」と言われるかもしれないけど。

「ねえ」

「なんだ」

「僕はやっぱり、中学には行きたくない。先生の説明は回りくどいし、同級生とは話が合わなくて、時間の無駄にしか思えないから」

「明也もそんなことを言っていた。オマエらみたいに一を聞いて十わかる人には、授業が退屈だって。じゃあ中学は行かないのか？」

「ううん、たまには顔を出そうと思う。一つに絞る必要がないなら、気が向いたときは行っても良いってことでしょ」

　そうは考えていなかったのか、晴彦は嬉しそうに顔をくしゃくしゃとさせた。

「それはいいな。そうしろ、そうしろ。望にはオレからも言っておくから」

ありがとう、と亮我は思った。だけどまだ、素直にそれを口にすることはできない。ん、と亮我が返事にもならない声を漏らすと、晴彦は腕を組んで難しい顔をした。

「ただまあ、授業が簡単すぎて退屈って、オレには一生わからない話だな」

「うん、晴彦にはわからないと思うよ」

「あのなあ……え？」

「ねえ、料理まだ？　写真撮らないなら、僕もう二階へ行って寝るよ」

「お、おい！　ちょっと待て！　今、晴彦って言ったよな？　言ったよな！」

もう一度呼んでくれ、とぎゃあぎゃあ騒ぐ晴彦に、亮我は「近所迷惑だよ」とたしなめる。

これじゃあ、どっちが年上かわからない。やっぱり父親ではないな、と思いながら、亮我はカメラを構えた。

第二話

「夏」

木平ハツネ　八十四歳

1

ハツネの右手に、みんなの視線が集まる。

ごくり、と誰かの喉が鳴った。小さな物音でさえ響く店内は、呼吸すら雑音になる。エアコンの吹き出し口から出てくる風の音、業務用冷蔵庫のモーターの音、普段は気にも留めないそれらも、集中の妨げになりそうだ。

「そんなに注目されると、やりにくいわよ」

ハツネが筆を置くと、その場にいたみんなも脱力したように身体の力を抜いた。

「そもそも、どうしてこんなことになったの？　私はただ、お品書きを書こうとしただけなのに」

「ですよねー」

真っ先に緊張を解いた晴彦が、畳の上で胡坐をかいた。

「いやだって、書道なんて小学校以来だったし、ハツネさん集中していたから、何だかこっちまで緊張しちゃって」

「小学校以来って、中学では書道はなかったの？　うちの孫は、中学のときも書初めをしていたわよ」

「え？　あれ……どうだったかな。覚えてないや」

一人だけ、カウンターのところから見物していた明也は、淡々とした口調で言った。

「晴彦は三歩進めば忘れる」

『居酒屋すずめ』の店内には、ハツネはもちろんのこと、亮我（りょうが）、明也、佑都（ゆうと）、そして店主である晴彦がそろっていた。午後二時。この学校は出入り自由なため、朝は人が少ないが、今の時間帯は人口密度が高い。

朝から勉強していたハツネにしてみれば、ちょうど昼食後の睡魔がやってくる時間帯のため、気分転換にと『今日のおすすめ』を半紙に書こうとしていた。

この『今日のおすすめ』を書くようになってまだ三日目。これまでの二日間は、たまたま店には明也しかいなかったため、こんな風に注目を集めることはなかった。

「書道なんて、別に珍（めずら）しくもなんともないでしょうに」

「でもハツネさん、本当にお上手だから」

「ありがとう。褒（ほ）め言葉は素直に受け取っておきますよ」

八十四歳になっても、誰かに認められることは嬉しい。ただ、幼（おさな）いころから字が綺麗だと褒められることは多かったものの、筆づかいはあくまでも自己流で、本職の人に見られたら朱色で直されることはわかっている。そもそも本業は和裁士（わさいし）。十年前に引退したとはいえ、最盛期は寝る時間を削って仕立て、書道をする暇はなかった。やめてから時間のあるときは暇つぶし程度に筆を握っていたが、やはり今でも、筆よりも針を持つ時間の方が長いくらいだ。

晴彦が昨日のお品書きを出してきた。

「でも、このお品書き。本当に助かります。同じ料理でもこっちの方がずっと美味しく見えるっていうか、常連さんたちにも好評だし」

明也が横目で半紙を見る。

「晴彦の書いたものは、確かに不味そうだった」

「あのなあ」

「料理がかわいそうだ」

明也はけなしているようで、実は褒めている。辛口の明也が晴彦の料理にケチをつけたところは、ハツネも見たことがない。

きっとそれは、晴彦にも伝わっているから、一見きつい言葉を言われても、長く関係が続いているのだろう。

「でも、ハツネさんばかりに頼むのは申し訳ないよなあ。その日の仕入れによって、お勧めの品は変わるから、オレが自分で書ければ一番良いんだけど」

「いくつかパターンを用意しておけないのか？」

「材料だけなら、季節とか天候で大体の予測はできるけど、やっぱりそれは確実じゃないし、一番の問題は調理方法かな。同じ魚を仕入れても、刺身で出す日もあれば、素揚げにする場合もあるし、煮付けにする場合もあるから。魚の状態を見てから料理を決めたい。その日のお勧めって言うくらいなんだから、一番美味しく料理してあげたいしな」

二十一歳で結婚したハツネは、長男が結婚して同居するまで、主婦として四十年以上台所に立っていた。だから人並みに料理はできると思っている。

ただ献立を決めるときに、晴彦のように「美味しく料理してあげたい」と魚を基準に考えることはあまりなかった。やはりそこは、本職のこだわりだろう。

でもそのこだわりが続くと思うと、確かに問題でもある。

「私が毎日書けるとは限らないものねえ。旅行へ行くこともあるかもしれないし、トシもトシだから、いつどうなるかもわからないし」

「ハツネさん！　縁起でもないこと言わないでくださいよ」

「本当のことよ。最近も、私よりも二歳年下の立川さんちの長三郎さん、お亡くなりになったもの。晴彦さんも、お通夜に行ったでしょう？」

商店街で以前、靴屋をしていた人だ。シャッターが下りてすでに五年以上経過し『立川シューズ』の文字は錆びついて、ところどころ消えている。通夜には商店街のほとんどの人間が参列した。

それまで黙っていた亮我が口を開く。

「パソコンで作成して、毛筆の書体で出力すれば？」

「書ける人がいないときはその方法になるだろうけど、やっぱり手書きの良さがあるからなあ。亮我は書けるか？」

自分に向けられるとは思っていなかったのか、亮我が珍しく困った顔をした。

「クラスの中では下手ではなかったけど、毛筆は授業でしか書いたことがなかったから、得意じゃないかな。明也さんは？」

「俺も筆はほとんど経験がない。佑都はどうだ？」

「無理」

できるともできないとも言わずに、だけどみんなを納得させる一言を放って、佑都は黙ってしまった。

ハツネの表情がやれやれと物語る。

「お品書きくらい、負担じゃないわよ。私だって、晴彦さんのお料理を食べさせてもらっているのに、何もできないのは申し訳ないと思っているし」

「あれは試作品。ハツネさんが悪く思う必要はないですよ。こっちも感想が頂けると助かりますし」

「このトシになると、誰かの役に立てるってのは嬉しいのよ。嬉しいんだけど、不安でもあるのよ。本当に、いつどうなるかなんて、誰にもわからないでしょう？」

違うとも言えないからか、みんなが口を噤(つぐ)む。

暗い雰囲気になったとき、ハツネの頭の中に明かりが灯(とも)った。

「じゃあ、こうしたらどうかしら。みんなで練習してみてはどう？」

みんなって自分も？

その場にいた、ハツネ以外の全員がそう言いたそうな顔をしていた。

ほとんど経験がない、と言ったわりには、明也の筆づかいは悪くはなかった。鈴村明也と筆で書かれた名前のバランスは整っている。練習すればそれなりにはなりそうだ。

小学生レベルの文字を書いた晴彦がわめいた。

「どうして明也は、何でもできるんだよ！」

「ハツネさんの真似をしただけだ」

「うわー、見てできるとか、マジであり得ないし。じゃあ、ハツネさんの都合が悪いときは明也に頼むかー」

「俺も人前に出すような文字じゃない。それより亮我を仕込んだ方が、可能性があるんじゃないか？」

亮我はわずかばかり唇を尖らせている。

どうやら、明也より上手く書けなかったことが不満らしい。もしかしたら、得意じゃないと言いつつ、少しは自信があったのかもしれない。

佑都に至っては、晴彦よりはマシといった程度だ。一枚書いただけでもう興味が無くなっているのか、ゲームを始めていた。

ハツネが筆を片手に書き始めると、亮我もその隣に座り、チラチラと手元を見ている。

「たくさん書けば、上手くなるわよ」

返事の代わりなのか、亮我は筆を手にした。

ハツネは亮我が可愛くて仕方がない。一緒に住むハツネの孫はもう、二十七歳。明也や晴彦の一つ年上だ。遠方にはまだ高校生の孫もいるが、生まれてから会ったのは数えるほどで、存在としては亮我の方が近い。

「コンニチハー」

開店前の店に、アクセントのある日本語が響く。

店の入り口には、明るい茶色の髪の男性がいた。上気した顔は赤く、水浴びでもしたのかと思うくらい、額からダラダラと汗を流している。

冷房が効いた部屋にいると忘れそうになるが今は七月。外はすっかり夏の陽気だ。

常連客なのか、晴彦が「お、ジェイソン。どうした?」と言いながら畳から降りた。

「I lost my hat」

「ああ、よく来たな。今日は良いアジが入ったから、刺身にするつもりだ。でも開店時間はまだだぞ」

戦前生まれのハツネは英語が苦手だ。これまでほとんど勉強してこなかったのだから当然ではあるが、ジェイソンと呼ばれた外国人男性が話している言葉はまったくわからない。

それでも、雰囲気で晴彦との会話が、かみ合っていないことは伝わってきた。

ため息をつきながら、明也が近寄る。すぐさま流暢な英語で話しかけ、ジェイソンと明也が映画の世界のような空間を作った。

ハツネは隣にいる亮我に訊いた。

「何を話しているかわかる？」

「最初はあの人が、帽子を忘れたって言っていたけど……晴彦が頓珍漢（とんちんかん）なことを言ったから、明也さんが通訳に入って、そうしたら二人の会話が速くて聞き取れない」

亮我は書道のときよりも、悔しそうな表情をしている。

「最初がわかっただけでも凄いわよ」

「そんなことない」

どうやら亮我にとって、明也は少し遠いライバルらしい。

若さがまぶしい。

悔しさも、それが原動力になる力も、ハツネには残っていない。日々の小さな楽しみが、喜びになる人生で満足している。

でも、いくら八十を超えたからといって、何も感じていないわけではない。

特に今は、明也たちの姿を見ていると、胸の奥がザワザワしていた。

その人物と視線が合った。

「Japanese calligraphy」

「じゃ……、日本？」

ジャパニーズだけは聞き取れた。ハツネも知っている単語だ。だが結局のところ何を言われたのかはわからない。

隣で電子辞書をいじっていた亮我が、ぼそりとつぶやいた。

「書道のこと。外国の人には珍しいのかも」

確かに、ジェイソンと呼ばれた男性は、ハツネの手元を注視している。

外国を旅行した孫から、路地で怪しげな書道パフォーマンスを見たと聞いたことがあった。

「そう……」

ハツネは持っていた筆を置く。

ジェイソンが明也に話しかける。それを受けて今度は明也が晴彦と話している。

会話の最中、ハツネの方を見ているから、何か話しかけられるのかとドキドキしていたが、結局帽子を手にしたジェイソンはすぐに帰っていった。

「何だったのかしら？」

「さあ」

亮我はもう、興味を失ったのか、自分の勉強に戻っている。

晴彦が座敷に上がり、ハツネに話しかけた。

「ハツネさん。今夜、時間ありますか？」

2

今は色鮮やかな浴衣が多いな、とハツネは思う。

亮我よりも少し年上の女の子だろうか。膝丈のワンピースのようなものや、襟や裾にレースがあしらわれた浴衣を着ている子もいる。帯もきっと、昔のように一枚ものではなく、マジックテープや紐で簡単に結べるのだろう。

それはそれで悪くはない。

昔を懐かしく思わないわけではない。古風な色や柄の浴衣も素敵だと思うし、消えてしまったら寂しい。だけど時間とともに変化していくのは、人間として自然なことだとハツネは思っている。

「珠希もあんな感じの浴衣を着てみれば良かったんじゃない？」

「お祖母ちゃん、私を何歳だと思っているの？　ああいうのは、せいぜい高校生くらいまで。私が着たら、笑われるわよ」

「そうなの？　私からすれば、珠希も高校生もたいして変わらないけど」

「それは身内の身びいき。二十七のオンナにそう言ってくれるのは、お祖母ちゃんぐらいよ」

珠希はハツネの長男夫婦の孫だ。初孫とあって一番可愛がったし、実際よくなついてくれた。

大学で一時期地元を離れたが、就職でまた戻ってきた。可愛い孫と一緒に暮らせるのは嬉しい。仕事も順調のようだし、時間があればハツネの用事にも付き合ってくれる。が、それが問題だとも思っている。

ハツネが若かりしころとは時代が違う。浴衣が様々な色や形になったのと同じく、人々は不安である。

の価値観だって変わっている。だから結婚が女性の幸せとは思っていない。祖母として思ってはいないが、仕事が休みの日も家にいることが多いところを見ると、祖母としては不安である。

身内の身びいきが入っているかもしれないが、珠希は可愛いと思う。一年くらい前までは、付き合っている男性もいたようだったから、恋愛経験がないわけでもなさそうだ。同級生の結婚式から帰ってきて、良いなあ、とつぶやいていたから、結婚願望もあるらしい。ただし、まったく焦ってはいない。少なくとも焦っていたら、祭りの日にハツネに付き合いはしないだろう。

「お祖母ちゃんの話を聞いてから、行ってみたかったの。意外と近くのお店って行かないから。しかも今は晴彦君が店長でしょ」

色気より食い気だ。やれやれ、と思いながらも、恋人がいたらこうして一緒に出掛けてはくれないだろうから、今はこれを楽しむのもヨシと思う。

「お酒のことはわからないけど、料理は美味しいわよ」

自宅から『すずめ』までは、歩いて十分もかからない。夜になっても日中の熱気はほとんど冷めないが、それでも少しは過ごしやすい。

珠希と話しているうちに『すずめ』に到着する。中に入ると、祭りのせいもあって、空席はほとんどなかった。

「どっこいしょ。お言葉に甘えて来ちゃったけど、今日はお邪魔だったんじゃない？」

カウンターの中の調理場で忙しく動く晴彦は、にこやかなのに、昼間よりも表情が引き締まっていた。

「いえいえ、オレがお願いしたんですから大歓迎ですよ。座敷に場所を用意しておいたので、座って待っててください」

「晴彦君、お久しぶり。私も来ちゃったけど大丈夫？」

「もちろんオッケーです。珠希先輩」

「えー、このトシになって、先輩って呼ばれるのは微妙な感じ」

晴彦と珠希は、同じ小、中学校で一学年違う。中規模の学校だったため、学年が違ってもある程度は顔見知りだ。

座敷には明也もいた。普段は居酒屋の営業が始まる前には帰っている。

ハツネは明也の隣に腰を下ろす。向かいに珠希が座った。

「珍しいわね。明也さんがいらっしゃるなんて」

「呼ばれたので」

言葉にはしなかったが、仕方なく、という声が聞こえてくる。

珠希が明也に話しかけた。

「こんにちは。祖母がお世話になっています」

小学校は同じところへ通っていた明也と珠希は、当然面識があるはずだ。が、晴彦のときとは違い、珠希も明也に対しては他人行儀だ。明也はいつもの通り淡々としている。どうやら二人は、これまでほとんど話したことがないようだ。

明也は珠希に視線も合わせず、メニューを見ていた。

「世話なんてしていない」

「でも、祖母の勉強を見てくださっているんですよね。一度ちゃんとお礼を言いたいと思っていたんです。ありがとうございます」

「俺はアンタの勉強を見ているわけじゃない。礼を言われる筋合いはない」

普段の明也を知らなければ、ハツネだって、喧嘩(けんか)を売っているのだと思う。でも明也は本当に、言葉通りに考えているはずだ。

「いつもありがとう。明也さんの教え方が上手だから、お勉強も楽しいわ」

「いえ……」

ハツネが礼を言えば、それは素直に受け入れてくれる。

もっとも珠希はそんなことは知らない。大人になって、表面上を取り繕(つくろ)うことはできるようになっているが、ピクピクと動く左の眉を見れば、ハツネには怒っていることはわかった。

やれやれ。年齢が近い分、亮我と明也の間に入るよりも面倒そうだ。

ハツネは早々に孫娘を酔わせてしまおうと、飲み物のメニューを渡す。

「珠希。あなたは何を飲むの？」

だが珠希は受け取らず、テーブルの上に身を乗り出した。

「今後の学習計画について、教えていただきたいんですけど」

明也が片肘(かたひじ)をついて、カウンターの方を見ながら答える。

「それは学校全体の話か？　それともハツネさんの話か？」

「もちろん祖母のことを」

やれやれといった様子で、明也はあからさまにため息をついた。

「君はハツネさんの保護者か？」

「保護者ではありませんけど身内です。大切な祖母が普段、どんな風に過ごしているか、先生の口から聞きたいんです」

「身内、か……」

含みのある言い方に、珠希は眉どころか頬もひきつらせる。それでも明也が「わかった」と言えば、それ以上突っかかりはしなかった。

「ハツネさんの勉強に関しては、国語と社会は悪くない。高校の範囲はまだこれからだが、試験をクリアするだけなら何とかなりそうだ。数学や理科は今のところまだ中学のおさらいだから、ちょっとペースアップしないとだろう。問題は英語だ。書く方はまだしも、声に出して読むことはかたくなに拒(こば)む」

「まだ単語をスムーズに読めないだけかもしれないわ。もしくは照れ臭いとか」

「もちろんそれはわかっている。会話の試験があるわけではないから、話すことが重要ではない。が、これまで使わなかった言語を、口に出さずに覚えられるのか？　しかも俺が先に読んでいるから、読み方がわからないということはないはずだ。苦手意識があるのは理解できなくはないが――やる気はありますか？」

最後の言葉はハツネに向けたものだが、答えたのは珠希だった。

「ちょっと、もう少し言い方ってものがあるでしょう？」

「どう言ったところで事実は変わらない。英語の学習はまったく進んでいない。他の教科は課題をちゃんと終わらせるのに、英語はほぼ手付かずだ」

ハツネは耳が痛い。明也が言っていることは事実だ。

「それに対して、何か方法は？」

「方法？」

「そう。学校の先生は、生徒の力を引き出す方法を考えるものじゃないの？」

明也は返事をしない。答えるつもりもないのか『今日のおすすめ』を見ていた。

それでも珠希は諦めず、さらに身を乗り出す。

「はい、お待ちどおさま！　本日の盛り合わせです」

テーブルの上に大皿が置かれた。絶好のタイミングで料理の登場だ。

晴彦はぎこちないウインクをハツネに向けている。どうやら、これ以上険悪な雰囲気になる前に、入ってきてくれたらしい。

「今週はアメリカンフェアなので、カリフォルニアロールと骨付き豚肉のロースト、あとはチリコンカンとハッシュドポテトの盛り合わせになります。それと珠希先輩に少しだけですが、スパークリングの日本酒のサービスです。日本酒だけど、これは洋食に合いますから」

「え、ちゃんとお金は払うわよ」

「いえいえ。今後ごひいきにしてもらえれば。それにこれ、他のお客様に出して瓶に少し残った分なので。炭酸はとっておけないので、飲んでいただけると助かります」

晴彦は受け取りやすい雰囲気を作る。サービスも行き過ぎれば収支が合わなくなってしまうだろうが、明也が黙っているところを見ると、許容の範囲らしい。

珠希が申し訳なさそうに、だけど嬉しそうな顔で、小ぶりのグラスを受け取った。

「ありがとう」

良く言えば素直。悪く言えば単純。ハツネは珠希のことをそう見ている。もちろん、自分の孫だから可愛いが、お酒一杯でコロッと機嫌を直す様子は、チョコレートをもらってご機嫌になる幼児と同じだ。

料理に箸をのばし、ハツネが珠希との時間を楽しんでいると、外から花火の音が聞こえてきた。

「始まったみたいね。明也さんは花火、見なくていいの？」

「興味ないです」

でしょうねえ、とハツネは思った。

二か月以上、平日は毎日のように顔を合わせているが、ハツネもいまだに、明也がパソコン以外の何に興味があるのかわからない。そのパソコンにしても、何をしているかもわからない。

ときおり亮我が質問をしているようだが、二人の間に飛び交う用語は意味不明だ。

「珠希は良いの？」

「晴彦君の料理を食べている方が良いかな。それに花火大会は再来週、会社のみんなと行く約束になっているから」

「二人とも、冷めているわねえ」

「だってここの花火大会、規模が小さいじゃない。子どものころは楽しみだったけど、今さらって感じ」

「あなたは花より団子、どうせ花火を見ながら一杯飲むほうが楽しみなんでしょ」

バレたか、とおどけた様子で、珠希は舌を出した。もっとも珠希は、酒好きというわけではなく、外でワイワイ飲むのを好んでいる。だから家では晩酌をしない。

「コンバンハー」

ガヤガヤした店内に、昼間聞いた声が響いた。

「おー、ジェイソン。よく来たな。あっちへ行ってくれ。明也がいるから」

「オーケー、オーケー」

明也はジェイソンが来ることを事前に聞かされていたのか、何も言わない。

座敷に上がったジェイソンは、珠希の隣に座った。

「コンバンハー」

「こ、こんばんは」

珠希が驚いている。もちろん、ハツネも驚いていた。

「どちらの方？　日本語は？」

「アメリカ人。日本語はほとんど話せない」

答えたのは明也だ。

「観光？　それともお仕事？」

「そのくらいは自分で質問してくれ。ジェイソンはこの周辺の学校で英語の授業の助手をしているから、中学生レベルの英語にはちゃんと対応する」

珠希はムッとしたが、さすがに言い返すことはしなかった。

ただハツネには、なぜ明也がここにいたのかわかった。通訳として晴彦に頼まれていたのだろう。

珠希も英語が専門ではないが、大学は出ているから「中学生レベル」はクリアしているはずだ。

ハツネは腰を浮かせた。

「じゃあ、皆さんで楽しんでください。私はそろそろお暇するわ」

「ハツネさん。ちょっと待ってください！」

晴彦がカウンターから呼び止める。

「お願いがあるんです。ジェイソン、昼間書道を見て興味を持ったから、教えて欲しいって」

「――え？」

「たぶん、もう少ししたら店もすくと思うので、そうしたら教えてやってくれませんか？　なんだったら、亮我も上から呼んできますから。もちろん珠希先輩も一緒に」

なるほど、自分はこれで店に呼ばれたのだと、ハツネはようやく気づいた。

もちろん、これまでにも晴彦には何度か「良かったら、営業時間にも来てくださいね」と声をかけられた。ただ半分は社交辞令だと思っていたし、夜が早いハツネはこれまで来店したことはなかった。

だが今日は祭りだ。昔からお祭りと大みそかは、特別な感じがする。だから少し宵っ張りをしても良いかと思ったが、そんな気分もみるみるしぼむ。

ハツネは靴を履いて出口に向かった。

「あ、あの、ハツネさん？」

晴彦がオロオロしている。明也は何か言いたそうにハツネを見ていた。

もちろん晴彦を困らせたいわけではないし、失礼な態度をとっている自覚はある。

でも、無理なことは無理だ。

ワケがわからないといった表情のジェイソンの方を向いて、通じないとわかっていても日本語で言った。

「ごめんなさい、私、英語が嫌いなの」

「ちょっと、お祖母ちゃん！」

珠希の声を背中で聞きながら、ハツネは店を出て行った。

3

昭和二十年、太平洋戦争が終わったとき、ハツネは十一歳だった。今の亮我よりは少し幼いが、それでももう、十分記憶に残っている。

父親と兄は召集され、母と姉は工場で働き、まだ小学生だったハツネは家族と離れて疎開した。

父親が戦死したのは終戦の直前。兄は戦争が終わってから、死亡の通知が届いた。相次いで男手を失ったハツネの家がその後苦労したのは言うまでもなく、子ども心に思ったのは、戦争なんて、アメリカなんて、ということばかりだった。

もちろんハツネも、戦後になってから、戦時中に日本がしてきたことを知り、恨みのすべてが正しいとは思っていない。けれど肉親を失った悲しみは、それとはまた別の話だ。

戦争が終わりしばらくすると、街の中でアメリカ人を見かけることが増えた。進駐軍と呼ばれる人たちだ。あとからアメリカ人だけではなく、イギリス人やオーストラリア人もいたらしいことを知ったが、当時のハツネは、アジア系以外の外国人を見れば、すべてアメリカ人だと思っていた。

ある日、学校からの帰り道で、友達と別れて路地に入ったときのことだった。道端でうずくまっている男がいた。ハツネの位置からは顔は見えなかったが、服装と明るい髪の色で、その人が外国人であることはすぐにわかった。

戦時中は、アメリカ人に見つかると殺されると教えられていたが、さすがにもう、そうでないことはハツネも知っていた。それでも近寄りたい存在ではなかった。

狭い道の、できるだけ反対側を歩くハツネに、その外国人が何かを言った。

路地にはその人とハツネの二人しかいない。青い目がハツネのことを見ていた。

「――――」

知らない言葉は怖く、何を言われたのかもわからない。ただその人の顔が苦痛に歪んでいて、辛そうだということだけはハツネにもわかった。恐らくどこか具合が悪かったのだろう。

外国人の右手がハツネの方に伸びてきた。

「――――」

かすれ気味の、震えた声でもう一度何か言っていたが、やっぱりその言葉は、ハツネには理解できなかった。

この人は敵だ。父や兄を殺した人だ。

もちろん、そんなはずはない。この人が直接手を下したわけではない。

それでも、この人はハツネにとって敵だった。

ハツネは逃げるように駆けだした。

角を曲がってしまえば、その人の姿はもう見えなくなった。

誰か大人を呼んでくれれば……走りながら何度もその考えは浮かんだけれど、家にはまだ母も姉も帰ってきていなかった。

一時間くらいしてから、ハツネはさっきの場所へ戻った。気になって、気になって、どうしようもなかったからだ。

だけどもう、そこに外国人の姿はなかった。

数日後、大人たちは井戸端会議で、進駐軍の人が病院で亡くなった話をしていた。

そのうちの一人は放送局に勤めていて、アメリカ人が出入りしていると言っていた。だから、職場の話かもしれない。

でも、あのときハツネに声をかけた人だったかもしれない。

そしてそのまま、どこの誰が亡くなったのか、怖くて確かめることができないまま、時間は過ぎていった。

時とともに、辛い記憶は薄れていったが、一つだけ消せないものが残る。

英語だけはどうしても、嫌悪感を消すことはできなかった。

連日の猛暑日は、ハツネの身体に応える。五分も歩けばすっかり茹であがるこれからの時期は、一度室内に入ったら外へ出たくない。

そんな中、平日の昼間の『すずめ』には、ハツネと明也の二人しかいなかった。

「亮我君、学校で上手くやっているのかしら」

ハツネの口から滑り出た独り言に明也が答えた。

「難しいでしょうね」

悲しいかな、ハツネもそれが否定できない。亮我はハツネに対しては素直だが、他の人にはヒヤッとすることを口にする。

先日も佑都に「ゲームばかりしていて、何が楽しいんですか？」と質問していた。その調子で学校にいたら、敵が増えてしまうだろう。

「たまに認識すればいいんです。そこは自分がいる場所か、そうでないかを」

「明也さんは、亮我君にどうなって欲しいの？」

「どちらでも構いません。まあ亮我は、俺より上手く立ち回っていくと思いますよ」

「どうして？」

「勉強がすべてではないという見本が身近にいるからです」

晴彦のことだ。バカにしているようにも聞こえるが、明也の場合そうではない。その証拠に、他人と距離を置く明也が、晴彦とだけは付き合い続けている。

「それもそうねえ。春に比べると、亮我君もずいぶん晴彦さんに打ち解けた感じがするものね」

相変わらず親子という雰囲気はないが、亮我から刺々(とげとげ)しい雰囲気は消えた。

「子どもって、成長していくのよね」

「変化が大きいという意味ではそうかもしれません。でも、ハツネさんにも変わってもらわないと困ります」

明也が採点の終わった問題用紙をハツネの方に向ける。十問中、九問に×印がついていた。

「あら、一つ当たったわ」

「この問題だけ、三択でしたから」

言われなくてもわかっている。ハツネにしてみれば、恥ずかしさを誤魔化(ごまか)したくて冗談(じょうだん)を言った。

明也がふーと長い息を吐きだした。

「このままでは高認、合格できません。英語は受けるだけ無駄になります。この前もジェイソンが来た途端(とたん)、帰られましたよね」

「英語は嫌いなの」

「それでは困ります。もちろんハツネさんの世代は、英語の勉強になじみがないことは理解しています。だけどジェイソンとなら……」

なら……、のあとの、明也の言葉が続かない。

思わず口が滑ってしまったのかもしれないが、ハツネはやっぱりそうだったのかと、答えを知った気分だった。

祭りの日、『すずめ』から帰宅したあと、冷静になって考えてみれば、あれは晴彦でなく明也に仕組まれたのだと思ったが、どうやらそれは間違いではなかったらしい。

「時間はかかりますが、高卒の資格だけなら、テストを受けるよりも楽に卒業できる高校もありますよ。今は通信制もいろいろなタイプの学校がありますから」

「もしかして、わざわざ調べてくれたの？」

明也はうんともすんとも言わない。だけど否定しないことが答えでもあった。

「何を選択するかは自由です。でもハツネさんが求めているのは、ただ高卒の資格を得ればいいというだけではないですよね？」

「そうね。そもそも、三年？　四年？　もかけていたら、卒業できるか怪しいわよ。おばあちゃんなんだから」

「それは、このままだったらテストでも同じことになります。だいたい英語にしろ、他言語にしろ、しょせん人間が使う道具です。ハツネさんがすべきことは、テストに合格するためにアルファベットを覚え、単語の使い方を知ることです」

「はい……」

「ということで、新しい問題を作ってきました。テキストを見ても、辞書を使っても構いません」

明也の口調は一貫して冷静だったが、嫌だと言える雰囲気はなかった。

「俺は用があるので、少し出てきます。帰ってくるまでに、解いておいてください」

指示をされるハツネの身はどんどん小さくなっていく。

座敷から立ち上がり、明也が店の出入り口まで行くと、何かを思い出したように、足を止めた。

「人の力を借りたりするのは反則です。自分の力で頑張ってください」

心の片隅（かたすみ）で、明也よりも先に亮我が帰ってきたら教えてもらえるかな、などと思ったことは泡となって消えた。

一人きりになった店内で、ハツネは鉛筆を回す。亮我は勉強中によく、指の上で鉛筆を回しているが、何度練習しても同じことはできない。

若い人は良いなあ、と思う。もしもハツネが今の時代に青春を送っていたら、きっと高校だけでなく、大学まで行っていたかもしれない。

結婚をし、子どもにも恵まれ、孫もいる。三年前に四つ年上だった夫は病死してしまったが、ハツネ自身は大病の経験もなく、健康に恵まれている。仕事は引退したが、今もこうして目標をもって毎日過ごしている。

これ以上何を求めるのか。まだ何かを欲しがるのは、欲深いのではないだろうか。

そう思う一方で、選べなかった別の人生を想像することがある。

店のドアが開く。

明也が忘れ物でもしたのか、それとも亮我が学校を抜けてきたのか、そんなことを思いながら顔を上げた。

「コンニチハ……」

戸口にいたのは、明也でも亮我でもなく、ジェイソンだった。

ジェイソンは挨拶程度の日本語しか話せない。明也がいないことを伝えねば、とハツネは慌てた。

「晴彦さん、明也さん」

ハツネは両手でバツをつくって、店内に二人がいないことを示した。

暑さとは別の汗が出てくる。お願いだから、今すぐ帰って、と心の中で願う。

でもジェイソンは、帰るどころか店の中へ入ってきた。

「ハツネサン」

「だめ。英語、無理よ」

「Give me water」

「だから、英語、ノー。私は英語がわからないの。どうして、営業時間外に来るの？　どうしてこんなときに明也さんがいないの！」

怖い。言葉が通じないことが怖い。外国人が怖い。ハツネにとって、ジェイソンは恐怖の対象でしかない。

ジェイソンにしても、店にはハツネしかいないことは、見ればわかるはずだ。

それなのに彼は帰らない。ハアハアと荒い息を吐きだし、真っ赤な顔でふらついた足元でハツネに近づいてくる。

この人酔っぱらっている？

ハツネがそう思ったとき、ジェイソンが膝から崩れる。大きな身体が、テーブルにぶつかりながら倒れた。

「ちょっ……ちょっと大丈夫？」

慌ててジェイソンに駆け寄る。彼の呼吸は苦しそうで、浅い息を繰り返していた。酔っているのとは違う。

ジェイソンの瞳がハツネをとらえた。

「――」

彼の口から発せられた言葉は、もう忘れたと思った言葉だった。

記憶違いかもしれない。でも……。

「――」

ハツネは外へ飛び出した。

昔のように、駆けることはもうできない。その代わり、人生の経験だけは、十分すぎるほど積んできた。

隣の家のドアを叩く。以前は肉屋だった家だ。三年前に店は閉めて、今は住居として使われている。

「ごめんください！　田所（たどころ）さん。いらっしゃいませんか？」

耳を澄ますが、中から音がしない。チャイムを連打するが、応答する気配はなかった。

次に向かいの店に行った。長らくシャッターが下りていたが、十か月ほど前から古着屋になった。若い男性がよく出入りしているのは見ていたが、ハツネにはよくわからない店だ。

自動扉をくぐると、店員が「あれ？」という顔をした。場違いな人が来たと思ったのかもしれない。

「お願い、『すずめ』まで来て」

「は？」

「人が倒れたの」

「え？　お店の中で？　その人、意識はあるんですか？」

「あるわ。何かしゃべっている。でも私には何を言っているのかわからないの。お願い、一緒に来てちょうだい！」

4

救急車で病院へ運ばれたジェイソンは、その日のうちに退院した。

原因は熱中症。確かにあの日は記録的に暑く、しかもジェイソンは風邪をひいていて、体調がよくなかったらしい。

悪条件が重なって倒れてしまったが、大事に至らなかったことは、不幸中の幸いだった。

それは喜ばしいとハツネも思う。思うが……。

「アリガトウ、ゴザイマシタ」

面と向かって礼を言われても困る。

「いえいえ」とハツネが返しても、ジェイソンは「アリガトウ、アリガトウ」と繰り返す。

「そんなに言わなくても……私は何もしていないから」

救急車を呼んだのは、ハツネが助けを求めた店員で、救急車に同乗したのは、ちょうど帰ってきた明也だ。

二日前よりも元気そうなジェイソンは笑顔で言った。

「ハツネサン、オタズネ」

オタズネ――お訪ね？　お訊ね？

私とどこかへ行きたいということなのだろうか。それとも、何か訊きたいことがある……？

だがハツネには、ジェイソンが行きたい場所の心当たりなんてないし、訊きたいことと言われても、英語がわからないのだから会話にならない。

カウンター席にいる明也がジェイソンの方を見た。

「ジェイソン違う。オタズネじゃなくて、お願い、だ」

ジェイソンはしばらく口の中でブツブツと何かつぶやいたかと思うと、パッと表情を明るくした。

「アア！　オネガイ、デス」

「お願い？」

「ハイ！　ヨロシク」

「何を？」

「コレ」

　ジェイソンが右手を動かす。何かを描いている仕草だった。

「絵なんて、私には描けないわよ」

「ノー、オネガイ」

「お願いされても、できないものはできないの」

　話せない者同士の会話は、いつまでたっても先に進まない。仕方なさそうに明也が口を開いた。

「ハツネさんに書道を教えて欲しいんだそうです」

「え？　でも、私はちゃんと習ったことがあるわけじゃないし、教えるなんてとても……。それに学校にお勤めなら、書道の先生がいらっしゃるでしょう」

「勤務先の中学には専任の教師はいないそうです。亮我の中学校でも、書道は年末の国語の時間に少し書くくらいだと」

「それならなおさら、ちゃんとした先生の方が……」

　最近はあまり見かけなくなったが、探せばどこかに書道教室があるだろう。でもそれを言うと、明也は「いや」と首を横に振った。

「そこまで求めてはなく、日本的な体験をしてみたいだけのようです」

「ハツネサン。オタズネ……ノー、オネガイ。シャ、シャドウ？」

「書道」

すかさず明也が間違いを訂正する。

つたない日本語で必死に、ハツネに頼み込んでいる姿を見ると、これ以上断れない。何より、目の前にいるジェイソンが嫌な人ではないと思うからだ。

「わかったわ。明也さんが通訳してくれるなら、一緒に書きましょう」

笑顔のジェイソンとは対照的に、明也の顔はひきつっていた。


その日を境(さかい)に、ジェイソンは仕事の合間に『すずめの学校』にやってくるようになった。

通訳は主に亮我が引き受けてくれた。

亮我にとってはこれが一番楽しい勉強らしく、電子辞書を片手に話している。もともと頭の良い亮我だ。英語は飛躍(ひやく)的に上達していった。

佑都は英語が苦手なこともあって、極力ゲームから目を離さない。ジェイソンを意識しているのはまるわかりなのに、ゲームに集中しています、といった雰囲気を作って、座敷の隅にいた。

今日は商店街の会議で、晴彦と明也が出かけている。時計の針は、そろそろジェイソンがやってくる時間を告げていた。

「良いわねえ、亮我君は。もう明也さんいなくても、十分意思の疎通が図れるんじゃない？」

「まだ全然。聞き取りも、言いたいことも、二割もできてない」

「これからよ」

ハツネも、少しだけ英語の勉強を始めた。もちろん亮我のように話そうとは思わない。英語の勉強はあくまでもテストのためだ。

ただ亮我とちがって、ハツネは一日五つ単語を覚えたとしても、翌日にはほとんど忘れてしまう。一つ、二つ記憶に残っていれば良い方だ。

「目も悪くなっているし、身体は動かないし、記憶力は落ちているし」

「歳をとることは、悪いことばかりなんですか？」

「そうねえ。身体的なことはどうしたって衰えるから、良いことは少ないかもしれないわね。亮我君にとってはまだまだ先のことだからわからないと思うけど」

「そうですね」

知らない人が聞いたら、亮我の発言は失礼かもしれない。

でもそう感じられないのは、言った本人が少し沈んだ顔をして、膝を抱えていたからだ。

開校当初と比べると、最近の亮我は表情が豊かになっている。わずか二か月くらいの間に、目に見えて変化していた。

「コンニチハー」

ドアが開くと同時に、ジェイソンの声がした。

「アツイ、アツイ。ドッコイショー」

奇妙な掛け声をつぶやきながら、ジェイソンがイスに座る。

額から流れる汗をぬぐって、ジェイソンは扇子で扇いでいた。夏祭りで買ったという扇子には筆で『後悔』と書いてある。意味がわかって買ったとは思えない。

「どこでそんな言葉覚えるの……」

「ハツネサン、ドッコイショー、ドッコイショー」

ジェイソンは立ち上がる仕草をするたびに、ドッコイショー、と言っていた。どうやら、ハツネが無意識に言っていたのを、聞いているうちに覚えたらしい。

「ツカレタワー。アラアラ。キヲツケナイト、イヤアネェ」

暗い顔をしていた亮我が、プッと噴きだした。

「ハツネさんだ！」

「いやあねえ、そんなこと言わないわよ」

「言ってますよ。今も」

「そうなの？　あらあら、気をつけないとね。……あっ！」

ジェイソンも亮我も二人で笑っている。

しばらくすると、明也と晴彦が帰ってきた。

「ふー、暑いなー。お、ジェイソン来ていたのか」

「オジャマシテマース」

誰に教わったのか、もっと他に使える言葉があるだろうと思うところから覚えていく。

「最近、毎日来ているな。亮我は楽しみにしているみたいだし、こっちは全然かまわんけど」

「ココ、タノシイ」

どこまで通じているかはわからないが、一応会話は成立している。

「デモ、オネガイ。んー……メイヤ！」

日本語に疲れたのか、ジェイソンが明也を呼ぶ。しばらく二人の会話が続いた。

話し終えると、明也が会話の内容を伝えた。

「来週、アメリカからジェイソンの恋人が来るそうだ」

皆の口から、へー、とか、おー、とか様々な声が漏れる。

「そこで彼女に日本での思い出を作ってあげたいと言っている。京都などの観光地はジェイソンが連れていくけど、それ以外の、もっと普通の日本を体験させたいらしい」

晴彦が手をあげた。

「芸者体験とか？」

「それが晴彦にとっての普通の日本であればかまわないが……この中で芸者のいる座敷に行ったことがあるヤツはいるのか？」

晴彦、明也、佑都、亮我、ハツネ、そしてジェイソン。

全員、互いに顔を見合わし、口にはしないものの「いないな」と思う。

「金をかける必要もないし、観光地で見られるようなものは二人で行くから、普通のことで良いそうだ」

「でも普通のことって言われると、結構難しくね？　オレ、料理しかできないし」

「料理で良いだろ」

「ん？　あ、そうか！　オレ的、おもてなしってやつをすればいいのか」

案が浮かんだのか、晴彦は自分の腕をポンポンと叩く。

「そういうので良いなら、みんな何かしら得意なことはあるだろうから、各人用意するってのはどうだ？　ハツネさんだったら書道体験とか」

ハツネも途中から、そう言われるのではないかと思っていた。だがやはりそれは趣味の域を出ず、これが日本の書道です、と紹介するには抵抗がある。

亮我も不安らしい。

「僕はできることなんてないよ」

「自分も……」

発言の機会をうかがっていたのか、亮我に乗っかるように佑都も続く。

明也が二人の方を見ながら言った。

「あるだろ」

亮我が不思議そうな顔をする。その疑問に答えるように、明也が断言した。

「二人ともできることはある」

だが亮我も佑都も、明確な答えを教えてもらえず、不満そうだ。

大変そうだな、とハツネが思っていると、明也が「ハツネさんも」と言った。

「自分の好きなもの、得意なこと、何でもかまいません。日本的であるかは、あまり気にしなくていいです。ただし何か一つ、自分ができるおもてなしを考えること。これは生徒全員への課題にします」

5

『すずめの学校　夏の特別授業』——ジェイソンの恋人であるアリッサがやって来た日は、朝から準備に追われていた。

ハツネの孫の珠希も、ちょうど今日から夏季休暇に入ったこともあり、手伝いに来ていた。

「珠希先輩、良いんですか？　せっかくのお休みなのに」

「家にいても、することないから。一緒に旅行へ行く約束をしていた友達が骨折しちゃって、予定があいたし。それに、英語嫌いだったお祖母ちゃんが勉強するようになった理由も知りたいのよ。料理や飲み物を運ぶくらいはするから、いさせて」

「もちろんオッケーです。ここは出入り自由ですよ」

「ありがと。とりあえず、使わなそうなテーブルとイス、脇の方に寄せておくね」

「そんな先輩、悪いですよ」

「良いって、私はすることがないんだから」

晴彦はカウンターの中で忙しく働いている。おもてなしの準備はすでに終わったという佑都が、今日は料理の手伝いをしていた。

「できた」

「ん？　ああ、上手くできてる。じゃあ、他の皿も同じように頼んだ」

ハツネにとっては、佑都の行動が意外だった。一皿だけ晴彦が盛り付けた料理と同じように、他の皿にも盛り付けをしている。

真似ているだけではあるが、刺身を綺麗な花形に形作っていた。

ゲームをしているときよりも、今日はなんだか楽しそうだ。

「佑都さん、器用なのね」

「そうでもない……です」

「いや、初めてにしては上手いよ。向いているんじゃないか？」

晴彦は揚げ物をしながら、佑都の作業を確認している。

亮我は忙しそうだ。ラストスパートとばかりに、わき目も振らず色鉛筆を動かしている。

何をするかなかなか決められずに、スタートが遅くなってしまったからだ。

明也はみんなが忙しく動いているというのに、いつも通り、カウンター席のイスに座って、パソコンを使っていた。

「明也さんは何をするの？」

「別に」

「あらあら、校長先生は、開会と閉会の挨拶をするのが決まりじゃないの？」

ハツネがからかうが、明也は黙ったままだ。

「明也さんって、面倒見が良いのね」

「そんなことないですよ」

明也は不本意そうに顔をしかめた。

本人に自覚はなさそうだが、ジェイソンの求めに応じて、こんな催し物を企画するのだから、面倒見が悪いわけがない。一見無愛想だが、頼まれると断れない人なのだろう。

「俺のことより、ハツネさんの準備は終わったんですか？」

亮我同様、なかなか決められずにいたハツネに、明也が「今までしてきたことを、してください」とアドバイスをくれた。だがハツネが「してきたこと」はかなり専門的なことだ。初心者が簡単に取り掛かれるものでもない。そこで明也はさらにヒントをくれていた。

「もちろんよ。英語は話せないけど……困ったら、明也さんが助けてくれるだろうし」

「今日はできる限り、自力で頑張ってください」

「ええ？　そんな、無理よ。話すなんて、とてもとても」

ようやく単語をいくつか覚え、少しだけ文章をつなげることを知った。でもそれも

ハルキ文庫

時代小説文庫

15日発売

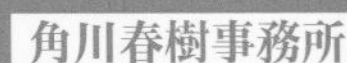

http://www.kadokawaharuki.co.jp/

角川春樹事務所PR誌

毎月1日発売

http://www.kadokawaharuki.co.jp/rentier/

角川春樹事務所の"オンライン小説"

随時更新中

http://www.kadokawaharuki.co.jp/online/

角川春樹事務所

http://www.kadokawaharuki.co.jp/

「This is a pen」くらいで、珠希には「先は長そうね」と言われている。

晴彦のように開き直れればいいが、そんな風にもまだなれない。恐怖心は消えても、ジェイソンを前にすると、緊張してしまう。

ハツネが不安を感じていると、キーボードの上で手を忙しく動かしていた明也が「求められれば、助けます」と言った。

ジェイソンの恋人、アリッサの年齢は二十一歳。人懐（ひとなつ）っこい笑みが印象的な女性だ。

晴彦が腕によりをかけた料理がテーブルを彩（いろど）り、日本語と英語が入り交じったおかしな会話が、場を賑（にぎ）やかにしていた。

亮我は可能な限り英語でアリッサに話しかけ、晴彦は日本語で料理の説明をしている。佑都は相変わらずあまり話さないが、タイミングを見ながら料理を運び、ジェイソンは英語と日本語をごちゃまぜに使ってみんなを笑わせていた。明也は黙々とお酒を飲んでいたが、通訳が必要なときになると会話に加わっていたから、聞いてはいるらしい。

その空間にもちろんハツネもいたが、不思議な気持ちで、みんなを眺めていた。

この場所に外国人がいる。そして一緒に食卓を囲んでいる。

数週間前までは考えられないことだ。

「やっぱり晴彦さんのお料理は、美味しいわねえ」

「ありがとうございます！　今日はオーソドックスな日本料理ばかりですけどね。天ぷらとか刺身とか、ソバとか。今は海外でも食べられますけど、空気も料理の一部ってことで日本らしいものをそろえました」

晴彦は以前、日本料理店で修業をしていた。居酒屋で腕をふるう今は、国際色豊かな創作的な料理も多く作るが、得意とするのはやはり日本料理らしい。

食事の時間が終わると、生徒たちによるおもてなしタイムだ。

あらかじめじゃんけんで順番を決めておいた。佑都、亮我、ハツネの順だ。

「僕は、すぐに終わりますから」

店の隅から、旅行用のスーツケースを転がしてくる。それを広げると、中からカラフルな衣装が出てきた。

「あっ！」

「あれ？」

「すげぇ」

珠希、亮我、晴彦が目を丸くしている。いつもはうつむいていることが多い佑都が、今日は顔をあげていた。

「借りものです。これを着て写真を撮ったらどうかなって……」

アリッサとジェイソンが衣装を取り出す。

「ドラえもん！　プリキュア！　エヴァ！　ハガレン！」

ハツネにはドラえもんしかわからないが、興奮具合を見ると、有名な漫画かアニメなのだろう。

「ドラえもんはパジャマだし、メジャーすぎる作品ばかりで、つまらないかもしれないけど……」

明也も亮我も通訳をしない。当然、佑都が何を言っているのか、ジェイソンとアリッサには伝わらないはずだが、二人は佑都に抱きついた。

「アリガトー！」

「Thank you」

「ちょっ、ちょっと！　放して。苦しいから！」

佑都がもがく。いつも静かな佑都の大きな声は初めて聞いた。焦った表情も初めて見た。

「そ、そんなに興奮しなくても……」

佑都の声が耳に入らないくらい、二人ははしゃいでいた。

結局、アリッサはプリキュアを、ジェイソンがハガレンの衣装に着替え、写真を撮る。いくつものポーズを決めていたようだが、やっぱりハツネにはわからない。でも二人が楽しそうなことは十分伝わってきた。

撮影会が終わり、亮我の番になる。

絵の描かれたカードに、英語と日本語が書いてある。

例えば、林檎（りんご）のイラストに日本語で「りんご」と、英語で「apple」と表記されていた。

カードは全部で三十種類だ。単語の他に、短い文章のカードも五枚ほどある。

「日本語、教えようかと思って。僕はお金もないし、特技も趣味もないから」

長い文章になると亮我は単語が出てこなくて、辞書を片手に必死の様子だ。でも自分の知らなかったことが見つかるのを楽しんでいるようだった。

短いレッスンで、カードのすべては覚えられなかったようだが、アリッサもジェイソンも、日本語の勉強を続けるという。

「ハツネさんの番ですよ」

晴彦に促（うなが）されて、ハツネは用意した布をテーブルの上に広げる。材料はすでにカットしておいた。

「これを作ります」

完成品をみんなに見せる。

「これは？」

「しあわせ袋と言います。四角形の布を四枚組み合わせて作るから、四合（しあ）わせって呼ばれているんだけど、幸せって言葉にも聞こえて、縁起が良さそうでしょ？　浴衣を着たときに持つのにちょうど良いの。お財布とかちょっとした小物を入れられるから」

明也のくれたヒントはこれだった。数週間前の花火大会のときに見て、ハツネなら作れるのではないかと思ったという。

底面が四角になっている巾着袋（きんちゃくぶくろ）で、和柄の布を使えば和装に合うし、布の組み合わせで自分だけのデザインができる。形は若干（じゃっかん）複雑だが手縫（てぬ）いで作れる。

「お祖母ちゃん、これ説明できるの？　私、完成品を見ただけじゃ無理そうなんだけど」

珠希がハツネの耳元でこそっとささやく。

そこは考えた。言葉が通じないのなら、作業手順がわかるように、工程を一つずつ用意してしまえばいいだけだ。

その分、準備に手間と時間はかかるが、浴衣を縫うことに比べたら、ハツネにとっては簡単な作業だ。

「これが一番、次のこれが二番、三番、四番……この順番で作っていってちょうだい」

数字を振れば、ジェイソンたちにも一目で通じる。

これならハツネが英語で説明できなくても問題ない。

ハツネのその目論見(もくろみ)は予想通りにはまり、アリッサもジェイソンも、針と布を相手に格闘を始めた。他の人たちの分も材料を用意したため、みんなで縫い始める。

一気に静かになった店内で、黙々と作業が続く。

料理の盛り付けのときに思ったが、佑都はやはり手先が器用だ。亮我は下手ではないが、上手くもない。

明也はやはりソツなくこなしている。まずまずの出来だ。

「晴彦さんは、お料理は上手なのに、お裁縫は苦手そうね」

「料理と裁縫は、別物ですよ」

晴彦は布を二枚縫い合わせた時点で諦める。

「珠希もなかなかね」

ハツネを除けば、この中で一番綺麗に縫っている。

「小さいころから、おばあさまに仕込まれていますから」

珠希はわざとらしく、お嬢様言葉で切り返す。ハツネが自宅で和裁の仕事をしていると、隣で珠希も、縫いぐるみの洋服や小物入れを作っていた。

ジェイソンは危なっかしい手つきだが、一応形にはなっている。その隣にいるアリッサを見ると、ハツネは間違いに気づいた。

どうやら縫い合わせる順番を間違えたらしい。一度ほどいて縫いなおしをしなければならない。直すことは簡単だ。だが、それをどうやって伝えるか。

誰か……明也か亮我に通訳を頼もうかと思ったが、二人は自分の手元に視線を落としている。

仕方なくハツネは、珠希に「ねえ」と小声で話しかけるが、声が小さすぎたのか、作業に夢中なのか、目を合わせてくれなかった。

どうしよう。

このままではアリッサの袋は完成しない。

ハツネが悩んでいる間にも、アリッサの針は進む。

どうしよう。どうすれば良いのだろう。

作業を止めるためにストップ？　それとも、ちょっと貸して……などという言葉は英語では出てこない。

やっぱりハツネは、外国の人と仲良くすることは無理なのかもしれない、と思う。

ふと視線を感じた方へ目をやると、明也がハツネを見ていた。


——求められれば、助けます。


さっき明也はそう言った。

だが助けを求めるときは、何と言う？

この前、ジェイソンが倒れたとき。そして昔、ハツネが子どもだったころ。

記憶は薄れても、その言葉はずっと、心の奥底に残っている。だからハツネはその言葉を知っていた。

「へ……ヘルプ」

声がかすれた。ほとんど声にならなかった。

誰も見向きもしない。

でももう、ハツネはこのまま誰も助けられないのは嫌だった。

息を大きく吸う。店の中に響き渡るように、ハツネは叫んだ。

「ヘルプ——」

明也が薄らと笑った。

約一時間後、少しずつ形の違うしあわせ袋が、八個出来上がった。晴彦が途中で放り投げた分は、ハツネが完成させた。

晴彦と佑都は食器を洗い、ハツネと亮我とアリッサとジェイソンは、なぜか二階へ行った。

残された珠希は、明也に話しかけた。

「ドキドキしたわ。始まる前に通訳はするなって言うし。まさかお祖母ちゃんが、英語を話すとは思わなかった。だってずっと、英語は口にしなかったから」

「ハツネさんがこの学校の生徒でなければ、その行動を否定するつもりはない。だが彼女には目標がある。それを達成するには、本人にやる気になってもらわないと、俺にはどうにもできない」

「そうかもしれないけど、お祖母ちゃんに、無理をさせる必要がある？」

正直なところ珠希は、ハツネが高卒認定試験に合格しようがしまいが、どっちでもいいと思っている。

元気で毎日が楽しく、過ごせるのであれば。

だから明也は厳しいように感じる。

「俺が望んでいるんじゃない。試験に合格することがハツネさんの希望だ」

「そんなに頑張らなくても、一つずつ覚えていっても良いのに」

「その時間があるなら」

「え？」

「若くても……長生きできる保証なんて誰にもないが、ハツネさんの年齢で、あと何年元気でいられるかは、もっとわからない。だったらなおさら、効率的に勉強することを考える必要がある。いつまでも英語が苦手と言っている時間はない」

明也はハツネを一人の生徒として見ている。ハツネの未来を考えている。

身内であるがゆえに甘くなってしまう珠希だが、それが本当の優しさなのかと、問われているようだった。

厳しいだけの人かと思っていたが、珠希の中で明也への見方が少し変わる。

「ごめんなさい」

「なぜ謝る？」

「私が間違っていたから。お祖母ちゃんに負担をかけないようにって考えていたけれど、そうじゃなかったんだって思ったから」

「家族として祖母を大切に思っての発言としては、間違ってはいない。お互いの立場が違うだけだ」

「そうかもしれないけど……」

「今のまま、祖母の応援をする孫でいれば良い」

まさか明也に、認められるとは思わなかった。

「じゃあ、ごめんなさいを撤回して、ありがとうにするわ」

「え？」

「祖母のこと、いろいろ考えてくれてありがとう。そしてこれからもよろしくお願いします」

珠希が頭を下げる。明也は何も言わないが、特に言うこともなかったのかもしれない。

そう思って頭を上げると明也と目が合ったが、すぐに逸らされた。

階段から足音がする。最初に下りてきた亮我は、楽しそうな表情をしていた。

「いったい、上で何をしていたの？」

「見てのお楽しみ。三人とも、もう下りてくるから」

階段から聞こえる足音は、亮我ほど軽やかではない。

その理由は、ジェイソンとアリッサの姿を見て納得した。二人は浴衣を着ていたからだ。

キッチンから晴彦と佑都も出てきて、みんなで二人を取り囲む。

「うわー、似合うな。良いじゃん。それ」

晴彦がまじまじと眺めた。

「素敵ね。お祖母ちゃんが作ったの？」

「そうよ。私からの贈り物。二階を借りて、着付けをしてきたの」

藍色の地に紫陽花柄の古典的な浴衣だ。でも白い肌のアリッサによく似合っている。ジエイソンはストライプの浴衣を着こなし、ご満悦の表情をしていた。

「私ができるのは、これくらいだから」

「それができれば、十分です」

袋物一つでギブアップした晴彦は、降参、とばかりに手を上げた。

「アリガト、タノシ……カッタ」

アリッサが覚えたての日本語で別れの挨拶をする。このあとジェイソンと二人で、京都や大阪へ行く予定だという。

ハツネはアリッサの手を握った。

「元気でね。こっちよりも、関西の方が暑いから気をつけて。熱中症にならないようにするのよ」

亮我が通訳をしてくれる。熱中症で倒れたジェイソンは、きまり悪そうに、頭をかいていた。

「オミヤゲ、アリガト」

佑都が提案したコスプレの写真と、亮我の日本語のカード。そしてしあわせ袋と二人分の浴衣。それらを手にした二人は、店の前で何度も礼を言う。

もう少し一緒にいたかったかも。

そうハツネが思っていると、アリッサは亮我が作ったカードを一枚取り出す。

それを見ながら彼女は言った。

「マタ、アイマショウ」

ああそうか、とハツネは思う。想いは口にしなければ伝わらない。

ハツネはアリッサの手を握り返した。

「しーゆーあげいん」

第三話

「秋」

森佑都　二十歳

1

店のドアを開けると、包丁の音がした。だけど話し声は聞こえない。

この店のことを知らない人は、店内には一人しかいないのかと思うかもしれないが、佑都がここに通うようになってすでに五か月。中の風景は音だけで想像できた。

「こんにちは」

小さい声で佑都（ゆうと）が挨拶（あいさつ）をすると、すぐに反応が返ってくる。

「おー」

「こんにちは」

「あら、いらっしゃい」

晴彦（はるひこ）、亮我（りょうが）、ハツネ、そして明也（めいや）――は何も言わない。

今日は佑都が遅くなったため、明也の方が早く来ていた。

晴彦が湯気の立つ料理を、テーブルの上に並べている。ヨシと言ったあと、デジタルカメラを構えた。

「ちょっと待って！」

座敷で勉強していた亮我が晴彦に駆け寄る。

「僕が撮る」

「でも亮我、勉強中だろ？」

「平気。晴彦より僕の方が上手(うま)く撮れるから」

顔を背(そむ)けて、亮我がボソッと「晴彦じゃあ、料理がマズそうに見えるし」とつぶやいた。その声が聞こえているか、いないかはわからないが、晴彦はあっさりと「じゃあ、任せた」と亮我にカメラを渡した。

「順光よりも半逆光の方が、綺麗に撮れるよ。ちょっと料理の向きを変えてもいい？」

「お、おう……」

亮我がテーブルを動かす。光の当たり方と角度を考えているらしい。何度かシャッターを切るが、撮影した写真に満足できないらしく、難しい顔をしていた。

背中を向けている明也が、振り向きもせずに言う。

「適当な台紙にアルミ箔(はく)を貼ったものでも、代わりになるらしい」

亮我が「ああ」と反応した。

晴彦は首をひねっているが、二人の間では通じているらしい。

五分くらいすると、亮我はA3サイズに切った段ボールに、アルミ箔を貼った物を持ってきた。

「何だこれ？」

「レフ板の代わり。明るさがもう少し欲しいから」

「フラッシュ使えば良いんじゃないのか？」

「それをすると、不必要な影ができる」

「影ができるとどうなる？」

「料理がマズそうになる。——ああ、もううるさいな。あとで説明するから、黙ってこのレフ板を持っていて」

晴彦二十七歳。亮我十三歳。会話の内容だけ聞いていると、どちらが年上かわからない。だが一応、この二人は義理の親子だ。

「亮我、わざわざ写真の撮り方調べてくれたのか？」

晴彦の表情が明るい。対照的に亮我は不満そうな顔をする。そんなことは気づいても口にしないで欲しかったという表情だ。

「前に僕が撮った写真、お客さんの評判がイマイチだったでしょ」

「でも、オレが撮った写真よりは、かなり良かったぞ」

「比べないで。お店で使う写真なんだから、それくらいで満足しちゃダメだよ。有名店なんて、プロのカメラマン使って、実物以上に美味しそうに写真を撮るんだよ？　晴彦の場合、その逆の逆の逆で、写真だけ見れば素人以下の料理になっちゃうんだからもったいないよ」

「え？　逆の逆の逆って、結局どっちだ？」

美味しいの逆が美味しくないで、その逆だから美味しいで、でもその逆だから……と、晴彦は頭を悩ませている。

その隙に、亮我はシャッターを切っていた。

料理は全部で三品。ここ最近晴彦が何度も試作をしていた品だ。

パッと見て、何の料理かわからない。佑都は質問した。

「これは？」

「ああ、これは鶏肉のピカタ。胸肉の皮を取って、脂肪分少なめでタンパク質重視。こっちの皿は、ビタミンメインの温野菜の盛り合わせをチーズソースで和えて、アクセントにアーモンドスライスを散らしてみた。もう一つは鉄分とかミネラル重視で海藻類のサラダ。柚子を効かせてある。どれも大学の体育会系の選手向けに考えたんだ」

栄養重視で考えたメニューのようだが、色とりどりの料理は目にも楽しい。立ちのぼる香りは、佑都の胃袋を刺激した。

夜の営業が始まる前に佑都は店を出る。とはいえ、近所に住んでいるため、早めの時間に出入りする客層は知っている。

最近はジャージ姿の大学生を、よく見かけるようになっていた。

「晴彦さんが考えたんですか？」

「メニューはそうだけど、使う食材は栄養士の人。オレにはそんな知識ないし」

「でも最近、栄養学の本を見ているよね」

亮我はカメラの液晶画面を確認しながら口をはさんだ。

「〝アスリートの栄養学〟〝糖尿病の人のためのおいしい食事〟〝食べて美しく痩せるダイエット〟あとは……〝減塩は出汁が決め手！〟だったかな」

「ど、どうしてオレが読んでいた本のタイトルを知っているんだ？」

「勉強するのは偉いと思うけど、知られたくないならリビングの机の上には置かない方が良いと思うよ」

晴彦の顔が真っ赤になる。

「バ、バカが勉強しているって思うんだろ」

「そんなこと思わないよ。ただ、レシピはともかく、栄養学になると生物の知識とかも必要になるから、大変だろうなとは思ったけど。高校の生物なんて、全然覚えていないでしょ。そこからスタートするのは、ちょっと気の毒に思っただけ」

「そんなことねーよ！　オレは忘れる前に、そもそも聞いちゃいなかったんだから」

「よくそれで、高校卒業したね……」

亮我がスッと目をそらす。

写真の確認が終わったらしい。

「さて、写真はこんなものかな。パソコンで色や明るさを調整したら、もう少し美味しそうに見えるんじゃないかな。明也さんに頼めば？」

うんともすんとも言わずに、明也は右手でキーボードを打ちながら、左手を後ろに伸ばす。亮我も無言で、カメラの中からカードを抜き取り、それを渡した。

「写真があった方が売り上げは良い。ただし写りが悪いと、文字だけのものとの差はない」

明也はさっそく作業を始めるつもりなのか、カードを差し込む。パソコンの画面には撮ったばかりの写真が表示された。

晴彦がメニューを開いて、以前撮った写真を確認する。

「そうなのか？」

「常連客にしても、新規の客にしても、新しいメニューは、内容がわかった方が安心するんだろ」

「あー、まあ、そうか。そうかもしれないな。じゃあ、写りの悪い写真は撮りなおすかな」

晴彦と明也が、だったらメニューそのものを作り直したらどうか、などと話し始める。

自分の役割が終わった亮我は元の場所へ戻り、また鉛筆を握っていた。

亮我は中学一年生なのに、数学の参考書はすでに高校一年生用を使っている。それもハイレベルらしく、佑都には記号にしか見えない。

「面白い？」

佑都が話しかけるとは思っていなかったのか、亮我が少し驚いたように顔を上げた。

「何が？」

「数学。いつも勉強しているから」

亮我がうつむいて、指の上で鉛筆を回し始めた。

変な質問をしたかな、と佑都は不安になる。

勉強が面白いなんて、思う人はいるわけがない。佑都はこれまでだって、これからだって、勉強がしたいとはまったく思わない。

だからここへ来ても、いつもスマホばかりを見ている。

でも最近、これで良いのかな、こんな風に毎日を過ごしていて良いのかな、と思ったりもする。

特に七歳も年下とはいえ、亮我の存在は気になる。亮我も学校へ行っていないが、佑都よりも頭がいい。

「面白いっていうか、問題を解く過程が楽しい」

「過程？」

結論が出たときじゃなくて？　と佑都は疑問に思った。

「んー……道を探している感じ？　簡単な問題だと、最初から目的地までの道が見える。難しい問題だと、どこを歩けばいいのかわからないけど、考えていくうちに進むべき場所が見えてくる。そんな感じかも」

亮我のたとえ話は難しい。

コイツの頭の中どうなってんだよ、と思う。同じように、教師である明也の思考回路は複雑すぎて理解の外だ。英語は外国人相手によどみなく話す。たまに挑戦状のように、亮我が難しい問題を解かせているようだが、結局いつも、勝者は明也だ。

ハツネに関しては、二人のような天才的なものは感じられないが、八十を過ぎても勉強しようと思う意欲が信じられない。普通の年寄りなら、孫の相手でもしているか、近所の人とお茶でも飲んでいるだろうに、勉強をしているのだ。やっぱり理解できない。夏ごろから英語の勉強に力を入れ始めたハツネは、少しずつだが前へ進んでいる。佑都も英語は苦手だ。それでも、ハツネよりは知っていると思っていたが、この調子ではそう遠くないうちに、抜かれるだろう。

日本に住んでいれば日本語で十分だし、スマホがあれば訳してくれる。そもそも足し算引き算くらいはともかく、数学がなんの役に立つのかわからない。普段の生活で使うことなんてない。英語だって理科だって社会だって必要ない。

佑都は何のために勉強しているのかわからない。自分がこの先、何をすればいいのかもわからなかった。

2

佑都は高校一年の夏には不登校になったが、そもそも中学生のころから、欠席が多かった。統計として、年間三十日以上欠席する者を不登校とみなすから、その枠の中で考えると、中学二年から不登校ということになる。

いじめられていた……わけではないと思う。

ただ、学校に居場所はなかった。広い学校の中で、佑都が呼吸できたのは自分の机の周り、半径五〇センチくらいだった気がする。机の木目の模様も、どこに傷があるのかも、どこに穴が開いていたのかも覚えている。イスの座面の角がささくれていることも、床が一部欠けている場所も記憶していた。

とはいえ、プリントを渡されないとか、靴を隠されるとか、そんなことはなかった。佑都が話しかければ返事をするし、隣の席に座った人は、おはよう、くらいは言ってきた。でも、それ以上のことは何もなかった。ゲームのことも、アニメのことも、教室で盛り上がっているメンバーはいたけれど、その輪の中に佑都が入ることは許されなかった。

だから佑都は、別の場所を求めた。オンラインゲームの中だ。そこにいれば、年齢も性別も容姿も関係ない。自分の居場所を作ることができる。

最初は、夜だけゲームをしていた。そのうち、日中も気になって、学校から帰ってくると、すぐに部屋にこもった。やがて学校へ行く直前までゲームをした。そしてついに、家から出られなくなった。朝、無理やり起こされると頭痛がする。吐き気がする。夜は眠れない。

それでも、中学三年になれば、進路は気になるし、高校へ行って仕切りなおさなければ、という気持ちにもなる。

最後尾ながらも周りの流れに乗るように、佑都は私立の単位制高校に入学した。中学時代の出席日数と学力から、他の選択肢はなかった。

勉強は面白くない。相変わらず教室で一緒にいる人もいない。一年次は何とか進級したものの、二年生になったころには、やはり中学のころと同じ状態に陥った。

退学が決まったとき、佑都は不安よりも、ホッとしていた。これでゲームができる、と。そこから昼夜関係なくゲームを続けた。アニメも見た。楽しかった。

もちろん親は、佑都を追い詰めないようにしながらも、いろいろと提案してきた。「他の学校へ編入する？」「勉強が嫌だったら、アルバイトは？」「いっそのこと、留学でもしてみる？」と。でも、年単位で部屋に引きこもっていたせいか、外へ出ようとすると、具合が悪くなった。

病院にも連れていかれた。カウンセラーとも話した。

ただ専門家たちの結論は、もう少し様子を見ましょうだった。親は落胆していたけど、佑都はホッとしていた。不安がなかったわけではないけれど、外へ出る恐怖の方が勝った。

佑都には二歳年下の弟がいる。両親が同じとは思えないくらい活発だ。あまりうるさく言わない親とは対照的に、弟は顔を合わせるたびに「まだ引きこもっているの？」と鋭利な刃物並みの口で佑都を切る。

ただそれは、胸の内を口に出せない両親の代わりだということは、佑都にもわかっている。わかっているけれど、佑都はゲームの世界に居続けた。その方が居心地が良かったからだ。

そんな佑都に『すずめの学校』は、突然降って湧いた話だった。新年度を迎え、世間の時間が慌ただしく過ぎていくなか、やっぱりいつものように自分だけは同じ場所にいて、その不安から目を背けていた。

成人したことで、これから先、仕事もせず、学校へ行くわけでもないのなら、家を追い出すと言われた。それが嫌なら『すずめの学校』へ通え、と。

選択肢の中で、一番楽そうだから選んだ。時間は自由。行ったあとも自由。家から徒歩十五分。働いたらゲームはできないし、学校へ行ったら試験があるけど、ここならばすべて好きにできる。

実際、明也はうるさいことを言わない。そればかりか、ほとんど何も言わない。

質問すれば答えてくれるが、佑都が勉強しないから、質問することがない。

親は今のところ何も言わない。晴彦とは顔見知りだから、日中の佑都の様子は伝わっているはずだ。勉強していないことも。

居場所が、自分の部屋から『すずめ』に移っただけで、結局のところ、やっていることは変わらない。

自分が変わろうとしていないのだから、変われなくて当然だとも思っている。でも不安は、日増しに大きくなる。

夕方になり『すずめ』を出ると「佑都？」と、懐かしい声が呼んだ。小・中学校の同級生——吉川がいた。

「久しぶりだな」

「うん……だね」

「俺は大学の帰り。普段はバイトがあるから、もうちょっと遅いけど」

「そうなんだ」

吉川はそろそろ肌寒い季節になってきたというのに、日に焼けた腕を、半袖から出していた。

佑都は、どうして声をかけてきたかな、と思う。

何度か同じクラスになり、何度か教室での座席の位置が近くなった。それだけだ。ただそれだけの関係だった。

「居酒屋って、もうやってんの？」

「え？」

「だって今、ここから出てきたから」

「あ……ううん、ちょっと知り合いのお店で、用があって……」

ふーん、と吉川は、特別興味がなさそうだ。

「佑都は今何してんの？」

「え？」

「だってほら、成人式のあとの集まりに、来なかっただろ。中学のメンバーで集まったんだけど」

そんなことがあったのか。

誰も佑都に声をかけてはこなかった。もっとも、かけられても困った。

皆とＳＮＳでのつながりもない。地元の中学だから住所は把握（はあく）しているだろうけれど、不登校だった佑都に連絡してくる人がいるわけがない。

「就職したの？　それとも進学？　そういや、高校ってどこだったっけ？　うちの中学から一緒の高校へ行ったヤツは――」

佑都は走った。逃げ出した、という方が正しい。

後ろから何か聞こえたような気がしたけれど、振り返る余裕なんてない。訊かれたくないことばかり質問された。

そもそも佑都に答えられることなんて何もない。何もしていないのだから、言えることなんて何にもなかった。

佑都は自宅の部屋でゲームをしているときが一番落ち着く。できることなら、一生家の中にいたい。でも親にそんな財産はないし、最近は家の居心地も以前ほど良いとは言えなくなっていた。弟が大学生になり、親は弟の方に金を使いたいらしい。

結局いられる場所は決まっている。

午後二時過ぎ。いつもより遅く、店のドアを開けると「良かった！」と晴彦がカウンターの中から出てきた。

「来てくれた！」

欠席自由、登校時間自由なのに、なぜ登校しただけで、こんなに喜んでもらえるのかと佑都が戸惑っていると、晴彦に両肩をつかまれる。

「頼みごとがある。佑都、今日ヒマ？　夜、時間ある？」

「まあ……」

行く所のない佑都に対して愚問だ。

でも何だか晴彦が怖い。いつも以上のテンションの高さに、危険察知センサーが反応する。

「じゃあさ、今夜バイトして！　突然団体客が入って、オレ一人じゃどうにもならないんだ。オレが作った料理とドリンクを運ぶ係」

「ほ、他の人でも……」

言ってから、佑都も無理だと思った。

亮我は中学生。ハツネは高齢者。明也は……。

「あ……晴彦さんの奥さんは？」

「望は、仕事が忙しくて残業続き。だから佑都に頼んでいるんだ。ちゃんとバイト代を払うから」

「でも僕は働いたことないし……」

「そんなの、誰だって初めてではあるだろ。それが今日ってことじゃダメなのか？　いや、無理を言っているのはわかっているんだ。ただ本当に、オレ一人じゃてんやわんやで」

「断れば……」

「それはない。先方にはもうＯＫしたし、今月、もう少し売り上げ増やしたいから。この時期は、ちょっと売り上げが落ち込むんだよ。イベントがないから。学生の集まりで一番安いコースだけど、ソコソコの人数の貸し切りは確実に利益になるからな」

以前の『居酒屋　ムラセ』は、晴彦に代替わりしてから一度つぶれている。そのせいだろうか。晴彦が経営者っぽい発言をしている。

「よくまあ、自分の考えみたいに話すね」

座敷から亮我が口をはさんだ。

「さっき、明也さんが言っていたこと、そのままだし」

「そ、そうだけど、オレも納得してるし、売り上げ伸ばしたいとは思っているんだよ。でさ佑都、どうだ？」

状況は飲み込めた。でもやっぱり、佑都は不安しかない。

「……もし、僕が断ったらどうなるの？」

「その場合は一人でやるよ。さっき言った通り、もう予約を受けたから。料理の仕込みは終わっているし。だからまあ……何とかなるだろ」

だったら、佑都に声をかけなくてもいいのに、と思う。だが、晴彦が無理をしているのは確かだ。週末だけでもアルバイトを雇うか？　と明也は言っていたが断っていた。

今回はそれだけイレギュラーなのだろう。

ふと、昨日店の前で会った、吉川の顔が浮かんだ。

——就職したの？　それとも進学？　そういや、高校ってどこだったっけ？

何一つ答えられなかった。高校は中退。就職も進学もしていない。

「佑都は手先が器用だろ。前に、アリッサとジェイソンが来たとき、盛り付け手伝ってくれたけど、あれ、綺麗にできていたから。できたら料理の盛り付けもちょっと手伝ってもらえたら凄く助かるんだよ」

「あのときは別に……お客さんじゃないし」

「いや、違いは金だけだ。あのときだってオレは、いつもと同じようにやっていた」

「もてなしの心と、利益度外視は別問題だ」

明也は容赦(ようしゃ)ない。眉一つ動かさずに言う。だがその冷たさをものともせず、晴彦の表情は変わらなかった。

近くでもっと見てみたいと思っていた。仕事中の晴彦を知りたいと思った。

「……やります」

声も身体も震えていたけれど、佑都は逃げ出すことなくその場に立っていた。

3

団体客は大学の体育会系のグループで、会話から察するに祝勝会だった。

身長こそばらつきはあったものの、みんな日に焼けてたくましく、色白でひょろりとしている佑都からすると、自分とは縁のない世界の人のようだ。やっぱり引き受けなければよかったと、始まってすぐに後悔(こうかい)した。

もっとも、貸し切りはオーダーをとる必要もないし、一律メニューの飲み放題のため、会計もわかりやすい。聞いていた通り、晴彦が作った料理を運び、汚れた皿を交換する。仕事内容としては難しくはなかった。

とはいえ、これまで働いた経験のない佑都は戸惑うことが多い。ドリンクを配る際も間違えて、晴彦にフォローしてもらった。

ただ、数学や英語を勉強するときとは違う。難しさはあるものの、客の笑顔を直接感じられる時間は、勉強では得られない喜びがあった。

会自体は三時間ほどで終了し、会計時に幹事が「美味かったです」と満面の笑みを浮かべていたのが佑都には印象的だった。

「この値段で大丈夫だったんですか？」

「え？」

「このくらいのプランだと、他の店は揚げ物やチャーハン……ボリュームはあっていいんですけど、栄養が偏るんですよね。でも今回はそうじゃなくて、腹いっぱいになるのに野菜がふんだんに使われていたり、一人暮らしだとあんまり食べない魚もあったから」

「大丈夫ですよ。そこはちゃんと考えていますので」

「そうですか。じゃあ、また利用させてもらいます」

満足そうに店をあとにする客を見送った晴彦もまた、嬉しそうな顔をしていた。

後片付けが終わり、精神的、肉体的な疲労を感じた佑都は座敷に座り込む。晴彦はビールを片手にくつろいでいた。

「明也さん、怒らないんですか？」

「何が？」

「材料費とか……」

「ああ、お客さんが言っていたことか。大丈夫だよ。材料自体は安いものを使っていたし、飲み放題も高い酒は入れないプランだったから、採算は合うようになっているんだ」

「でも、他の店はそうじゃないんですよね」

「そりゃ、その方が楽だからな。金をかけるか、手間をかけるか。ものづくりなんて、金をかければ、たいていそれなりになる。ま、オレはそこを考えずに店をつぶしたんだけど。でさ！　バイトしないか？」

突然の話の転換に、佑都が何も言えずにいると、晴彦がレジから千円札を数枚抜き出してきた。

「とりあえずこれ、今日のバイト代の五千円。少なくて悪いけど」

「いえ……」

準備や後片付けを含めて、実働は四時間半くらい。佑都は世間一般の相場がわからない。ただ、世間一般のバイトのように、動けていない自覚はある。

「こんなにもらうわけには……」

「いや、これは明也にも話してある。良いと言っていた。ただし、今日はちょっと色をつけた。それにはもう一つお願いがある」

「お願い？」

「別に断ったからと言って、今日のバイト代を渡さないってことはない。だから安心して欲しいんだけど……あのな、今言った通り、バイト続けないか？　週に三日くらい。主に週末の夜。あとは仕込みが忙しい日……は日中だな。学校の時間中になるけど」

そんなことは想像していなかった。むしろ使えないと思われて、もう二度と声がかからないと思っていた。

だが受け取ったお金は、今まで親からもらう小遣いとは明らかに違う重みを感じる。どうしようと悩んでいる間に、佑都は「お願いします」と言っていた。


「いらっしゃいませ」

「あら、佑都君。こんばんは」

珠希（たまき）が仕事帰りに『居酒屋すずめ』にやって来る。晴彦がカウンターから出てきて、お通しを出した。

「ハツネさんと一緒に来ればいいのに」

「お祖母（ばあ）ちゃんは夜が早いの。十八時ごろには夕食終えているから、なかなか夜の外出は難しいのよ」

今日は仕事が早く終わったという珠希は、十九時前には店のドアをくぐっている。

「珠希先輩、どうかしました？　キョロキョロして」

「……金曜日の夜なのに、今日はお客さんが少ないなって」

「そうですね。まだちょっと早いかな。もう少ししたら混んでくると思いますよ。まあ、最近よく来てくれる学生さんたちは、大会の遠征でしばらくいないらしいですけど」

「そっか。あ、佑都君。いつものお願いね」

「はい」

「バイトもずいぶん慣れたみたいね」

「そんなことないです。まだ全然……」

　客が少ないうちはいいが、混んでくると佑都は何を優先して動けばいいのか戸惑う。そのたびに晴彦に助けられるが、いつまでたってもうまくできない自分に凹む。

　珠希は客ではあるが、居酒屋以外でも顔を合わせることもあるため、そんなに緊張はしない。同じように、明也も営業中に食事をして帰ることもあるが、やはり客とは違う。

「明也さん、今日は学校が終わる時間前に帰ったんです」

「そうなんだ。用でもあったのかしら」

　メニューを見ている珠希は、平然としているが、でも少しだけ寂しそうにも感じる。最近二人は、会えばよく話していた。といっても話しているのはほとんど珠希で明也は一言二言、返事をしているくらいだ。それでも、明也も学校の時間中に見せる顔とはわずかではあるが違う感じがする。

珠希が二杯目を飲み終えたころには、店も混み始めてきた。

一人で来るのはたいてい常連客だ。珠希の隣に一之瀬が座る。二人はもう、何度か顔を合わせているから、こんばんはー、と軽い挨拶を交わしていた。

一之瀬は三十代半ばの男性で、佑都がバイトに入って二週間の間に、すでに五回は来店している。

「今日は東雲さんいないんだね」

晴彦が『今日のおすすめ』の一品を一之瀬の前に置いた。毎回絶対に注文するために、暗黙の了解になっている。

「この時間でいらっしゃらないとなると、今日は来られないでしょうね」

東雲も常連客だ。病院で管理栄養士をしている女性だ。一之瀬ほど頻度は高くないが、週に一回くらいは来店していた。

一之瀬が喉を鳴らして、ビールを飲んだ。

「あー、仕事のあとの一杯は美味いなあ。だーれもいないアパートに帰るとわびしいし、家に帰ってから食事を作るのも面倒だしね。朝も早いし」

「家族がいても、この年齢になると、生活スタイルはバラバラですよ」

珠希もグラスに口をつけてから、ふー、と息を吐く。珠希はだいたい、柑橘系の酎ハイを飲む。今日はグレープフルーツ酎ハイだ。

「そうかもしれませんね。でも僕の場合、生活サイクルがちょっと違うから、結婚して家族ができても、どうなんだろうなあ」

「そういえば一之瀬さんのお仕事って何ですか？　あ、訊いても大丈夫ですか？」

「全然大丈夫ですよ。こうやって顔を合わせているのにお互いのことは知りませんよね。サッカーの話題で盛り上がったことはありましたけど」

一之瀬と珠希がなごやかに雑談をしていると、先日店の外で偶然会った、吉川が来店した。

「よっ！」

すでにアルコールが入っているのか、吉川の顔は赤い。吉川の後ろにいる二人も、酔っている感じだ。二人とも名前は思い出せないが、顔に見覚えはある。恐らく、クラスは違ったけれど、同じ学校にいたはずだ。

「宅飲みの最中に俺がさ、この前佑都と会ったことを話していたら、ちょうど酒が切れて。だから来てみたんだ」

「なんで、僕がここにいるって……」

佑都は、『居酒屋すずめ』で働いているとは言わなかった。

「そりゃ……別にいいじゃん」

吉川はニヤニヤしている。

逃げてしまったせいで興味を持たれたのかもしれない。周囲に訊けば、親同士のネットワークから情報を手に入れることは難しくないはずだ。佑都は『すずめ』に顔を隠して出入りしているわけではないし、客は近所の人が多い。帰って欲しいと思いつつも、入れないわけにはいかなかった。

「こちらのお席にどうぞ」

空いていた座敷に案内する。三人はすぐにアルコールを注文した。

一杯目は、話し声は大きいものの、特に目立った様子はなかった。それでも二杯目、三杯目と進むうちに、店内の人たちが眉をひそめるような下ネタを大声で話していた。

「おーい、ハイボール」

四杯目の注文の声がしたとき、佑都が晴彦を見ると、小さくうなずいた。

内心、困ったと思っていたし、嫌だとも思っていた。それでも行くしかなかった。

「あのさ、ちょっと小休止ってことで、お茶にしない？」

「ああ？　この店は客が注文したものを出さないのかよ」

「そんなつもりは……。ウーロン茶はサービスするから」

晴彦から、客が相当酔っているときは、水かお茶を勧めろと言われていた。もちろん店としてはアルコール類を飲んでもらった方がありがたい。だが前後不覚に陥るほど飲まれたら、汚されたり壊されたりからんだり……結果的に、ほどほどで切り上げてもらった方が助かる。

だがその提案が気に入らなかったらしい。

吉川は佑都を睨みつけて、ろれつの怪しい口調で言った。

「エラくなったものですねえ。佑都サマは」

「ホント、ホント。中学のときなんて、学校に来られなかったのにな。まさか佑都にお茶をおごられるとは思わなかったよ」

「そうだな。俺ら、佑都に茶を恵んでもらうのか。でもそうだよな。高校中退でも、大学生の俺らと違って、社会人だからな」

他の二人も吉川に続く。

悪意のある言葉に佑都はすくむ。周囲の目も気になる。

そして佑都がおびえれば、三人はそれが肴になるのか、さらに口調は激しさを増した。

「早く持ってこいよ！」

「そうだよ。佑都のクセに、口答えするな」

「ハイボール二杯と、ビールをジョッキな」

次々に浴びせられる言葉に、佑都は一歩、後ろに下がる。

怖い。この場から逃げたい。

それでも必死に声を絞り出した。

「で、でも……」

「ああ？　何か文句あるのかよ」

凄まれると、もう何も言えなくなった。だけど足が震えて動くこともできない。

頭の中が真っ白になっていると、晴彦がカウンターから出てきた。

「まあまあ、その辺で勘弁してください。これは当店からのサービスです。ちょっとこれをつまんで待っててくださいね。その間にお飲み物をご用意いたしますので」

吉川たちのテーブルから離すように、晴彦が佑都をカウンターの方へ連れていってくれる。

足が震えて、顔から血の気が引いた佑都は、立っているのがやっとだった。

「今日はもう、あがっていいぞ」

「でも……」

「大丈夫だって。佑都がいなくなれば、すぐ帰るだろ」

他にも客はいる。入れ替わりで別の客が来るかもしれない。晴彦一人では大変になる。だけど……。

「はい」

佑都はもう帰りたかった。帰って、いつものように家のベッドに寝転がり、部屋に閉じこもりたかった。

4

佑都はしばらく、バイトを休むことにした。ただし昼間の学校は、今まで通り通うこと、と晴彦に言われている。

正直それも気乗りがしなかった。ただ、家にいても親がうるさい。結局来るしかなかった。

　とはいえ何もする気にならない。勉強の邪魔は悪いと思いつつ、佑都はハツネに話しかけた。

「ハツネさん、英語の勉強楽しいですか？」

「まああってところかしら。日本語と文法は違うし、単語も覚えられないし。でも、夏ごろから比べると、ちょっとわかるようになってきたわね」

　ハツネは問題集を佑都の方へ向けた。

　文字が上手なハツネは、アルファベットになってもそれは変わらず、見やすく整っている。答え合わせをしてあるページは、○と×が半々くらいだったが、入学したころのことを思えば、努力したのだろう。しかも英語以外の教科はかなり学習が進んでいる。使っているテキストは、中学三年生のものだ。この調子なら高校の勉強を始めるのも遠くない。

「頑張りますね」

「あら、佑都さんだって、頑張っているじゃないの」

「そんなこと……」

　何もしていない。勉強も仕事も。

「お腹すいた」

　突然、亮我が言った。

　タイミングを合わせたかのように、ぐぅーと腹の音がする。

「昼食、食べたわよね？」

ハツネが訊ねると、亮我はうなずいた。

「食べたけど、お腹すいた」

「成長期ね。春よりもずいぶん身長が伸びたでしょ。身体が欲しがるのね」

亮我の背が伸びたことは、佑都も感じていた。立って話すとき、以前よりも顔が近い。

「何か食べるものはないの？」

「どうだろ。晴彦に訊かないと……」

そう言いつつも、空腹に耐えきれないのか、亮我が冷蔵庫を開ける。だけどどの食材を食べてもいいのか判断できないらしく、手ぶらのままドアを閉めた。

「晴彦が帰ってくるまで我慢する」

晴彦は今、商店街の会合に行っている。明也もいない。今日は来ないと聞いている。

佑都は冷蔵庫を開けた。

右端の奥のプラスチックケースの中には、細々とした食材が入っていた。

「良ければ作るけど」

「佑都さんが？」

「このケースの中にあるのは、もう店に出さない残り物だから、食べていいって言われているんだ」

前日の肉の余りや、使い残した野菜などだ。量が中途半端で客には出せないが、まだ十分食べられる。腹が減ったら好きに使ってくれと晴彦に言われていた。亮我が食べるのなら、問題はないだろう。

「いいよ、悪いし」

「別に勉強なんてしてないから」

それでも亮我が「いいよ」と言ったとき、腹の音がそれを邪魔した。

「……お願いします」

「うん」

料理の経験は多くない。でも自分の分の昼食くらいは作っていた。今日と同じように、たいてい残り物を適当に調理した。

豚のコマ切れ肉はタレに漬けてある。ニンニクの香りがする。わずかばかり残っている玉ねぎと香草。卵を一つもらう。

玉ねぎをスライスして、香草を細かくちぎる。フライパンに油を熱し味付きの肉を入れた。その隙に冷凍のご飯をレンジで温める。

フライパンからはすぐに焼けた醤油の良い香りが広がる。玉ねぎを投入して、手早く炒める。温めたご飯の上に炒めた肉と玉ねぎをのせる。

「今から温泉卵は無理だから……」

サッとフライパンを洗い、卵を割る。強火で加熱すると、外側の白身は固まって、黄身がトロトロの目玉焼きがすぐにできる。肉の上に卵をのせて、仕上げに香草を散らして完成だ。

「美味そう。料理、上手なんだ」

「炒めただけだよ……。味付けは晴彦さんだし」

「でも、手慣れているわね。佑都さん、料理の方向いているんじゃない？」

「嫌いじゃないけど……」

だからといって、好きというほどではない。何かを作るのは楽しいと思うが、居酒屋の料理にはあまり興味がわかない。そもそも先日のように、酔っぱらいを相手にするのは怖い。

佑都には、晴彦のように自分が客を上手くあしらう姿が、思い浮かべられなかった。

まだ太陽が高い位置にある時間に、常連客である一之瀬が『すずめの学校』にやって来た。

忘れ物でも取りに来たのかと思いきや、メニュー開発の手伝いだという。

そういえばこの前、珠希が一之瀬に職業を訊ねていた。答えを聞く前に吉川たちが来店したため、佑都はわからずじまいだった。

「一之瀬さんのお仕事って……」

「パティシエです。今日は定休日ですが、フランス菓子の店を経営しています。というほど、大きなお店じゃないけど。売り子にパートさんを一人雇っているだけだから」

晴彦が脇から口をはさんだ。

「そんなことといってー。一之瀬さんのお菓子、人気じゃないですか。この前、雑誌に載っていたの、見ましたよ」

「僕の店は小さな紹介ですよ。それより、頼んでいた材料はありますか？」

「もちろんです。ま、卵や砂糖なんかはいつでもありますから、買ってきたのはソースだけですけどね」

それだけでは何ができるのかさっぱりわからない。そもそも、ここは居酒屋だ。

「あの、なぜパティシエの一之瀬さんが？」

晴彦が答えた。

「デザートを充実させたいんだ。これまでアイスくらいしか出さなかったんだけど、飲んだあとに、甘いもの欲しがる人もいてさ。せっかくだから、何かこの店でしか食べられないものを出したいなって」

「何を作るんですか？」

一之瀬がニコッと笑う。

「オムレツです」

なんだオムレツか、と佑都は少しがっかりした。パティシエの一之瀬が作るにしては、簡単だと思ったからだ。

「オムレツなら、メニューにありますけど」

「ええ、だから甘いオムレツです。甘い卵焼きだってあるでしょう？　それにこれは卵を泡立ててフワフワのスフレタイプのオムレツです」

晴彦の顔が明るくなった。

「モン・サン・ミッシェルの！」

「さすが、よくご存じですね」

「料理だけな」

明也の容赦ないツッコミに一之瀬が苦笑する。

フランスのモン・サン・ミッシェルの名物がオムレツといわれている。そこのオムレツは、卵を泡立てて焼くというものだ――と、明也が説明してくれた。

「では早速始めましょう。最初は僕がお手本を作るので見ていてください」

卵を卵黄と卵白に分け、卵白の方に砂糖を入れて、ハンドミキサーで泡立てる。

「このとき、きちんと泡立ててください。中途半端な状態だと、焼いている途中でしぼんでしまいますから」

「はい」

作る前に、一之瀬から晴彦にレシピは渡されている。それでも晴彦は、教えてもらったことを少しでも聞き漏らさないよう、鉛筆を動かしていた。

「卵白の準備ができたら卵黄です。これはいろいろなレシピがあって、少量の小麦粉を入れたり、バターを入れることもあります。小麦粉を入れると、しぼむのが遅くなりますがその分食感がちょっと硬めになります。バターを入れると、逆にしぼみやすくなります。油脂類は入れるとコクが出て美味しいですが、泡をつぶしてしまうので、入れる場合は量やタイミングに気をつけてください」

口を動かしていても、一之瀬の手が止まることはない。泡立てる卵の硬さ、生地の混ざり具合を確認する目つきは、針の穴に糸を通すかと思うくらいの、鋭さがある。

その様子に、佑都の目が奪われる。

「焼くときはバターにしてください。サラダ油の方がコストは下がりますが、風味が落ちてしまいますからね」

卵黄と卵白を合わせた生地をフライパンに流し入れる。蓋をして、キッチンタイマーをセットする。

「完全に火は通しません。微妙な食感と、すぐにしぼんでしまう一瞬を楽しんでもらいましょう。タイマーはセットしましたが、あくまでもこれは目安です。卵の温度、その日の気温、火加減にしても一〇〇パーセント同じことはありません。作るたびに条件は変わります。なので自分の感覚をつかんでください。——よし、そろそろいいかな」

一之瀬がそっと蓋を上げる。ピピピピと、アラームが鳴る。フライ返しで生地を二つ折りにして、皿の上に滑らせた。

「ここからは時間との勝負です。皿にバニラアイスをのせて、仕上げにキャラメルソースをかけます。ソースを縦、横に細く、交差するようにかけると良いかなと思いますが、これに関しては美的センスの問題ですね。味が変わるわけではありませんから。さて、食べてみてください」

ふわふわ熱々の甘い卵に、冷たいバニラアイス。そしてその上には少し苦みの利いたキャラメルソースがかかっている。

口に入れると、熱々の卵が舌の上でシュワッと溶ける。アイスを食べると一瞬で口の中が冷える。舌触りと温度差を楽しめるデザートだ。しかも見た目のボリュームに反して、口当たりは軽い。飲んだあとでも美味しく食べられそうだ。

「すげぇ、これ、美味い」

テンションが高いのは晴彦だけではない。佑都の気持ちも上がる。

「うん、美味しい」

「明也も食べてみろよ」

「俺はいい。晴彦の美味いは信じる。それより、仕入れやコストは?」

「問題ないと思いますよ。さっき晴彦さんが言った通り、卵と砂糖とアイスはもともとあった食材ですし、キャラメルソースは一本買えば、相当使えますから。ソースに関しては、イチゴやブルーベリーなど種類を増やしたり、季節によって変化させても面白いかもしれません。バニラアイスと卵の組み合わせなら、ほとんどの物が合うと思います。ただ問題は……」

ん? と明也が小首をかしげる。

「何か問題でも？」

「スフレは作り置きができないから、営業中に時間がとられてしまうんです。チェーン店のレストランのケーキなんて、冷凍されたものを解凍するだけなので、いつでも出せますが、このスフレは開店前に仕込むことができません。一人で店を回している晴彦さんがデザートまで作るとなると、大変じゃないですかね。お客さんが少ないときは、可能かもしれませんけど」

「あー……」

晴彦が腕を組んで難しい顔をした。

明也がすでにしぼみはじめたスフレを見る。待ったなしのお菓子だ。

「コストや味に問題ないとしても、作れないんじゃどうにもならない」

「提供時間や個数を限定するって方法もありますけどね。晴彦さんの手が空いている時間帯に絞れば出せるんじゃないですか？」

「でも、飲んだあとに甘いものが欲しいって人もいるからなー……」

晴彦が頭を抱える。

それを見て、佑都は思わず右手を上げた。

「あ、あの、僕が作るってのはダメですか？」

「え？」

「いや、あの、晴彦さんのようにはできませんけど……」

「オレだって、スイーツは初挑戦だよ。でもそっか……一之瀬さん。これって、オレじゃなくても大丈夫ですかね？」

「練習すれば問題ないと思いますよ。コツさえつかんでしまえば、それほど難しいものではありませんから」

そう言って、一之瀬は晴彦を見る。晴彦は明也を見る。明也は佑都を見て「良いと思う」と賛成した。

晴彦が右手の親指を立てる。

「決まりだな。佑都にエプロン貸してやるよ」

5

――コツさえつかんでしまえば、それほど難しいものではありませんから。

一之瀬の言う通りだ。ただ、そのコツをつかむのが難しい。

あの日、一之瀬から一通りの手順を習ったが、なかなか思った通りにならない。上手くいくこともある。だけど失敗することもある。要するに、仕上がりが安定しない。

結局一週間後、一之瀬が休みの日に、評価してもらうことになった。それまで練習して、常に同じ状態で出せるようにしなければならない。

そして夜はまた、バイトに復帰した。

デザートの提供をするとなれば、当然店に立つ。居酒屋で酔っぱらいは避けられないのだ。

「自分から手を上げるとは思わなかった」

まるで知らない人の話をするように、冷たい声で言った。

「僕がですか?」

「ああ。あのまま逃げ出すかと思った」

「もうちょっと言い方があるでしょ」

珠希が隣から、明也をたしなめる。もっとも明也は無表情だ。

もう、と唇を尖(とが)らせる珠希は、レモン酎ハイを飲んでいる。ハツネの孫と最初に聞いたとき、あまり似ていないと思ったが、ちょっとした仕草や、箸(はし)の使い方が似ている気がする。

「本当のことですから」

逃げたい、というのと、ここにいたい、という間にいて、毎日揺れている。

でも自分が作ったものを美味しいと言ってもらう喜びは、ゲームをしているときには得たことのない嬉しさだった。

「ねえ。これ少しちょうだい」

明也が返事をする前に、珠希が皿に箸を伸ばした。

「あ、美味しい」

珠希は目を細めて満足そうな顔をしている。明也は虚を突かれたように、茫然と珠希を見ていた。

明也にしては珍しい表情だ。というか、佑都は初めて見た。

「アンタ……変わっているな」

「そう？　どこが？」

「どこがって……」

明也が言葉に詰まったタイミングをみはからったように、晴彦が珠希の前に小皿を置いた。

「珠希先輩、ちょっと味をみてくれませんか？」

皿の上にちょこんと二つのっているのは、最近晴彦が試しで作っているクリームチーズの味噌漬けだ。味噌の配合がどうの……と唸っている一品だ。

試食コーナーにあるような小さなチーズに、珠希が箸を伸ばした。

「美味しい。これ、お酒のおつまみに良さそうね」

酸味と塩気のバランスが良い。自然と次のアルコールが欲しくなる。

「そうなんです。ボリュームのある飯系のメニューも良いけど、純粋に酒を飲みたい人には、そればかりだと重いかと思って」

「うん、良いと思う。せっかくだから明也さんも食べたら？」

勧められるがまま、明也は黙ってチーズを口に運んだ。

「サイズのわりには高くなりそうだな。味噌もチーズも使うものにこだわったら、価格の設定が難しいんじゃないか？」

「第一声がソレ？　美味いとか、不味いとかないわけ？」

「客に出すなら、俺の感想はどうでも良いだろ。で、コストは？」

言い渋っていた晴彦は、観念したように口を開いた。

「そこが頭の痛いところなんだ。もう少し考えてみるよ。それより明也、平気なのか？」

「え？　明也さん、チーズ苦手だった？　もしかしてアレルギーとか？」

珠希が勧めなければ良かったかしら、とつぶやくと、晴彦が「違う違う」と素早く否定した。

「明也って、他人と料理をシェアするの嫌いだから」

珠希の顔色がサッと変わった。

「ごめんなさい！　私、さっきこっちのお皿に手を出しちゃった。そうよね。そういう人もいるわよね。これは私が食べるから、晴彦君、新しくまた作ってもらえるかしら」

「わかりました」

「このままで構わない」

晴彦が動き出すよりも早く、明也は言った。

「でも……」

言葉通り、明也は料理に箸を伸ばす。晴彦があっけにとられたように、目を丸くした。

挙動不審な様子で、珠希はグラスに残っていた酎ハイを飲み干す。佑都が渡した水を飲むと、ようやく少し落ち着いたのか、いつもの調子に戻った。

「佑都君。試作品の方は上手くいっているの？　デザート担当になるんでしょう？」

「それは……上手くできるようになったらの話で……」

晴彦に見てもらったところ、四回に三回は店に出しても大丈夫だと言われた。でも佑都にしてみると、四回に二回は、満足した出来にはなっていない。

「卵黄と卵白の合わせるタイミングは大丈夫だと思うんですけど、焼き加減が難しくて。焦げ目をつけたいけど、火が強すぎると外側だけ焦げるし、逆に火が弱いと表面に綺麗な焼き色がつかないうえに、生すぎて」

材料も調理方法も家庭でできないものではない。それでも店で食べる良さを出さなければ、客は選んでくれない。一之瀬は帰り際、そう言っていた。

「そもそも、僕が作ったものなんて、食べてくれるんですかね……」

「食べてもらわなければ困る。これは仕事だ」

「お祖母ちゃんのときも思ったけど、相変わらず容赦ないわね」

「悪いか？」

「ううん。良いと思う。みんな、心のどこかで厳しくしなければって思っていても、言えないことってあるから。厳しいことを言う方が難しいし」

珠希の言う通りだ。親も学校の先生も、これまでずっと優しかった。唯一弟だけは厳しかったが、それでも身内に言われるのと他人に言われるのでは違いがある。そしてその優しさは、息苦しさになっていたこともあった。

今は、激しく叱責されたわけではないのに、明也の言葉が胸に刺さる。だけどそれは痛みというよりも、佑都を動かす刺激だ。

馴染みの客、東雲が来店した。東雲はロングスカート姿が多いが、今日は膝丈くらいのスカートをはいていた。

「こんにちはー。あれ？　今日は一之瀬さんがいない」

一之瀬とはすっかり顔なじみになっているため、いれば確実に隣に座る。

カウンターの中から、晴彦が反応した。

「一之瀬さんは出張で三日ほど九州ですって」

「出張？　彼って自分一人でお店をしているって聞いたけど」

「デパートの物産展に出店してくれって頼まれたらしくて。全期間は無理だから、スポットで入るらしいです。そういう東雲さんも久しぶりですよね。お仕事、忙しかったですか？」

「ううん、夏に取れなかった休暇を秋に回して、旅行に行ってたの。夏より旅行代金が安くてすいているから、これも良いのよ。あ、今日は日本酒ください」

東雲は珠希の隣に座る。この二人もすでに顔見知りだ。年齢は十歳近く東雲の方が上だが、『すずめ』のイスに座っているときには、まったく関係がない。

二人はグラスを傾けて、女子トークを繰り広げていた。

明也が佑都に言った。

「明後日だぞ」

一之瀬が『すずめ』に来る日だ。そのことを考えると今からドキドキする。

佑都ははい、と言うだけで、精いっぱいだった。

決戦は明日。そう思って佑都は開店前にスフレの練習をするが、いまだに百発百中というほどの成功率ではない。確かに大体のコツはつかんだ。でも、作っている最中に話しかけられたり、電話が鳴ったりすると、つい気がそれて、タイミングを逃してしまう。

「営業中だと、話しかけられますよね」

「オーダーが入るだろ」

「ですよね……」

晴彦は凄いなあと思う。仕入れから仕込み、調理に接客。たいていのことはこなす。しかも再オープンしてからは、黒字に転換しているらしい。

「今夜は平日だからそんなに混まないだろうし、シミュレーションしてみたらどうだ？　明也にチラシを作ってもらったから、メニューに入れて」

「え？　でも、まだ一之瀬さんのＯＫをもらっていないです」

「バーカ。オレの店なんだから、オレがＯＫ出せばいいんだよ。それに営業中に作ってみて、上手くいけば自信になるだろ。試しだ、試し」

上手くいかなかった場合は不安しかないですけど、と佑都は心の中で反論した。

「オレは一度店をつぶしているだろ。明也がいたから、こうしてもう一度チャンスをもらえたけど、そうでなければ店を手放すしかなかったんだ。でさ、今になって、あのときもっといろいろ試せば良かったなって考えるんだ。経営についても、メニューについても、営業方法についても……。いろいろ試行錯誤して、それでダメだったらともかく、少し前までのオレは、ただただ客を喜ばせればいいって思っていたから」

晴彦がいつになく真剣に語っている。

でも照れ臭いのか、すぐにいつもの笑顔になった。

「怖がらずにやってみろよ。できないって思わないで。——いらっしゃいませ！」

一組目の客が来た。二十代後半の会社員のようだ。同僚なのか仕事の話をしている。見たことがある顔だが常連だろうか。

晴彦は客が来ると表情が変わる。テーブルに案内すると、早速スフレのメニューを見せた。

「ちょっと甘いものが欲しいなってときにおっしゃってください。本日はお試し期間のため、二〇パーセントオフです」

「へー……」

ネクタイをゆるめながら、客はスフレのチラシに興味を示した。

「オマエ、甘いもの好きだよな。同じ部署の人が買ってきたお土産(みやげ)のお菓子、真っ先に取っているだろ」

「良いだろ、別に」

「良いけどさ。食えよ」

「それより先に酒だ」

「まあそうだな。じゃあ、とりあえず生二つ」

「かしこまりました。佑都、生二つ！」

やり取りを聞いていて、ホッとしたのと、残念だったのと、気持ちは半々だ。だけど、この調子だと飲み終わるころに注文が入るかもしれない。

最初の客が二杯目を注文するころになると、店も徐々に人が増えてくる。

平日にしては賑(にぎ)わいを増したころ、最初に入った客が、スフレのチラシを振っていた。

「すみませーん、これください！」

晴彦が佑都を見てうなずく。

「佑都、頼んだ」

緊張で返事ができない。手足が震える。だけどキッチンへ向かうしかない。

材料を用意して、卵白と卵黄を分ける。ハンドミキサーを使い卵白を泡立てる。

何度も練習をした。大丈夫。絶対にうまくできる。

熱したフライパンに生地を流し入れ、その間にアイスとソースの準備をする。

火加減を確認する。耳を澄ましで、フライパンの中の音を聞く。

あと二十秒。佑都がそう思ったとき――。

「おい、こっちまだかよ」

一人で来店していた、作業服姿の男が声を荒らげた。もともと酒に弱いのか、顔を真っ赤にしている。

あと十秒。

「呼んでるのに、聞こえないのかー。焼酎ロック」

晴彦も揚げ物をしていて、今少し、手が離せない。

「すぐに持ってこいよ！」

あと五秒。

「申し訳ありません、少々お待ちください」

たぶん、佑都の顔はひきつっていた。声も震えていた。でも客の方を見て言うことができた。

だが客は納得してくれなかった。

「ああ？　ずっと待ってんのに、まだ待たせる気かよ」

「申し訳ありません。本当にもう少しですので」

フライパンの火を止める。

焦っているため、少しタイミングが早かったか、火が強かったかと不安になる。

だが蓋を開けて半分に折りたたむと、綺麗な焼き色がついていた。

急いでアイスが盛り付けてある皿に、甘い半円のスフレオムレツをのせる。その上からキャラメルソースをレース編みの模様のように飾る。

注文したテーブルへ運んだ。

「お待たせしました。スフレオムレツです」

「おー！」

テンション高めの声だ。

客が待ちきれないとばかりに、スフレにスプーンを入れる。一口食べると、目を細めて「んー」と、客がうなった。

「ヤバい、美味すぎ！　口の中で溶ける」

もっと見ていたい。もっと、美味しいって言うところを聞きたい。初めて自分が作った料理で、客が笑顔になったところを見たい。

でも佑都は、酔っぱらっている客のところへ向かった。

「お待たせしました。焼酎のロックですね」

「そうだよ。なんべん言わせんだよ！　早く持ってこい！」

相当酒が回っている。水を勧めたいが、ここまで来ると、素直に言うことを聞いてくれなさそうだ。

佑都は必死に考えた。

「あ……あの……！　ロックも良いんですけど、昨日、この店に初めて入荷した焼酎があるんです。それは水割りの方が合うのですが、そちらはいかがですか？　お値段は同じです」

「へえ……それは美味いのか？」

「は、はい」

昨日初めて入荷した焼酎は本当だが、実際のところ、佑都は飲んでいない。ただ、強い酒を飲まれて、これ以上酔われても困ると思っただけだ。

酔っぱらい客は、佑都の説明に心を惹かれたのか「じゃあ、それを頼む」と言った。

ドキドキしたまま、カウンターへ戻ると、晴彦が親指を立てている。どうやら対応は正しかったらしい。

佑都はその場に座り込みたいくらい、足が震えていた。怖かった。

でも客が待っている。急いで水割りを運び、他にも注文を待っていた客のところへ行く。

再びカウンターへ戻ると、最初に来店した客のもう一人が「晴彦ー」と、手を振っていた。

「俺にもスフレ一皿」

「オマエは、甘いの食べないだろ」

「目の前で美味そうに食べているのを見たら俺も食いたくなったんだよ。コイツ、くれねーし」

「ったり前だろ」

カウンターをはさんでの会話は声が大きい。それでも殺伐(さつばつ)とした雰囲気とは真逆の、和気あいあいとした空気を感じた。

「わかったよ。佑都、スフレもう一皿」

「あ、はい……」

いや……和気あいあいとは違う。晴彦は客に「オマエ」とは言わない。となると……。

「あの……あそこに座る二人って、晴彦さんの知り合い？」

「そうだよ。中学の同級生。近所に住んでいるんだ。来てもらった」

どうして？　と訊ねるまでもない。

明日のテストを前に、晴彦は佑都に自信をつけさせようとしたのだ。二人の顔を見たことがあった気がしたのも、ご近所同士なら、どこかで会っていても不思議ではない。

「じゃあ、あそこにいる酔っぱらいは……」

「そこまで仕込めないって。あれはただの偶然」

頭の中がグルグルしたまま、佑都は準備に取り掛かる。

「佑都。オレの友達でも、客は客だからな」

しっかり作れよ。そう言われていた。

そうだ。これは仕事だ。そう思うとやっぱり緊張する。

だけどそれよりも、美味しい、と言ってもらったときの顔を思い出すと、楽しみの方が大きくなる。

だから佑都はキッチンに立つ。これが今したいことなのだとハッキリ気づいた。

テストは『すずめの学校』の時間中に行われた。

店の中にはいつものメンバーに加えて一之瀬がいる。普段はのんびりとした空気の学校も、今日ばかりは緊張感が漂っている。

テスト中、一之瀬は終始無言だった。

出来上がったスフレを前に、一之瀬は難しい顔をしている。やっぱり無言で、スプーンを入れた。

何を言われるか、ガチガチに緊張しながら佑都は待った。

皿の上がすべて綺麗になり、コーヒーを一口飲んだあと、一之瀬はようやく口を開いた。

「不味いです」

「ええ？」

佑都よりも、晴彦の声が大きかった。

「どこが？　オレ、何度も試作品食べたけど、佑都の作ったスフレ、超美味かったですよ」

「はい。スフレは上手にできていると思います。食感も良かったですし、些細なことですが、キャラメルソースの飾り方も美しいです。目で味わう。これもスイーツの……スイーツだけでなく料理の醍醐味です。欲を言えば、アイスを高脂肪の物に替えた方がもっと美味しくなると思いますが……コストがかかることなので、そこは皆さんで話し合ってください。不味いのはコレ。コーヒーです。せっかくスフレが美味しいのに、コーヒーがこれでは」

「でもここ、居酒屋なんで……」

「スイーツと紅茶やコーヒーは、切り離せないと思いますよ」

「やっぱり、インスタントじゃあ風味が落ちるか」

「最近は、コンビニでソコソコの物が売られていますから、お客さんだって厳しいと思いますよ。まあお酒がメインのお店で、コーヒーはそれほど出るとは思いませんので、設備を調えろとまでは言いませんけど、考える余地はあるでしょうね」

一之瀬が明也の方を見る。明也は晴彦の方を見る。晴彦は——髪をかきむしった。

「ああ、わかった。ちょっと考える。コストや仕入れのことも含めて！」

晴彦は、手間とコストで頭を悩ませる。

明也は、メニューのレイアウトを亮我と話している。

ハツネがおめでとうと拍手をしてくれる。

そして佑都は——。

「あの……一之瀬さん、お願いがあります」

一之瀬は「何？」と、佑都の話に耳を傾けてくれた。

「こんばんはー。さすがにこの時期だともう暗くなるわね」

「まだ十八時ですけどね。ってか珠希先輩、早くないですか？　仕事は？」

「定時で逃げ出してきたの。今日から本格的に開始するんでしょ、スフレ。だから一番に注文しようと思ったんだけど……もういるし」

珠希が目を細めてカウンターの方を見る。珠希が来たことには気づいているはずだが、明也は反応しない。

だがそれすら当然と思っているのか、珠希は明也の隣に座る。そんな珠希に、明也も何も言わなかった。

「二人とも最初からスフレ？」

「そう、それを食べに来たんだから」

「デザートですよ？　一応、飲んだあと用に考えたんですけど」

「今日は良いの」

「じゃあ今度はスフレに合う、リキュール系のカクテルなんかも考えた方が良いのかなあ」

明也が横から口をはさんだ。

「あまり手を広げすぎるなよ。一人で回せる範囲にしておいた方が良い」

「でも佑都君がいるでしょ」

佑都は「今のところは……」と言うしかなかった。

「どういうこと?」

珠希の質問に答えようとしたとき、ドアが開く。入ってきた客の顔を見て、佑都は息を呑んだ。

「よ……」

吉川は前回と同じように短い挨拶だったけれど、声が弱い。少し目を泳がせている。

——また、からかわれる。

佑都の全身から冷や汗が出てくる。耳の奥で、せせら笑うような声が聞こえてくる。

だが吉川は佑都の想像に反して、突然頭を下げた。

「ごめん。こないだは悪かった。俺、酔っていてほとんど覚えていないけど……いや、別に酔っていたからって、言っていいわけじゃなかったけど、でも、ホントごめん」

謝られている、ということはわかっても、佑都は返事ができない。

「就職活動を始めたけど、思うようにいかなくてさ。俺の行っている大学、世間じゃ名前すら知られていないようなところだから、その……。あ、でも、八つ当たりの理由にはならないけど」

予想外のことに、この謝罪は罠ではないかと思う。でも吉川の頭は下がったままで、後頭部しか見えない。それでも、何か言われるのではないかと身構えてしまう。

それに、謝罪が本心であっても、あのとき言ったことのいくつかもまた本心だったはずだ。佑都を見下す気持ちがなければ、出てこない言葉だ。

ただ見下されても仕方がないと、佑都も思うところがある。吉川に言われたことは、どれも本当のことだ。自分にはまだ何もない。

それまで黙っていた晴彦が吉川に近づき、肩に手を当てて頭を上げさせた。

「お客さん。お席に案内しますね」

「え、あ……いや、俺は飲みに来たわけじゃ……」

「そんなこと言わずに。せっかくなので、当店お勧めのスイーツを食べていかれませんか？」

「でも……」

「作るのはオレじゃなくて佑都です」

「え？」

吉川が佑都を見る。

視線がぶつかる。佑都はようやく、吉川の目を見ることができた。

「食べてって。悪いと思うなら、売り上げに貢献（こうけん）して」

それでもまだ吉川は、複雑そうな顔をしていたけれど、おとなしくテーブルについた。

佑都は急いでキッチンに立つ。

冷蔵庫から卵を出す。卵黄と卵白に分ける。ハンドミキサーのプラグをコンセントに差す。

高速で回転するハンドミキサーは、卵白をクリームのように泡立てていた。

何もないわけじゃない。まだたった一つだけど、自分にもできることがある。

卵はおかずにもオツマミにも、デザートにだってなる。手を加えれば変化する。自分だって……佑都だって、動き出せば変われるはずだ。

そう思うと佑都は、少しだけ顔を上げることができた。

吉川が帰り、デザートからアルコールへとシフトした珠希が、少しばかり顔を赤くしながら、訊ねてきた。

「そういえば佑都君。話が途中になっちゃったけど、メニューに手を広げすぎない方が良いって話。それって……いつか、佑都君がいなくなるみたいに聞こえたんだけど」

「はい、そのつもりです」

「『すずめ』を辞めちゃうの？」

「今すぐってことじゃないんです。しばらくはまだ、ここで働かせてもらうつもりです。でもそのうち、一之瀬さんにどこか紹介してもらって、パティシエの見習いをしたいと考えています」

一之瀬は賛成してくれた。ただ、これまでの生活を見直さなければ、どこにも紹介できないと言われている。

それは佑都も自覚していた。中学からほとんど外の世界と交わらずに来た。すぐに修業を始めたとしても、続かない可能性が高い。

以前よりも不安は減っているが、もう少し時間が欲しい。

珠希は「そっかあ」と寂しそうにつぶやきながらも、嬉しそうに微笑んでいた。

「佑都君にも目標ができたんだ。お祖母ちゃんも勉強頑張っているし、亮我君も楽しそうだし、ここにいる人たちみんなが前に進んでいるね」

「僕はまだまだ……。でも、晴彦さんや明也さんのおかげで何とか……」

「俺は何もしていない」

「そんなことないです。僕が、自分が作ったものなんて、お客さんが食べてくれるか不安を漏らしたとき、明也さんはハッキリと、仕事だから食べてもらわなければ困る、と言ってくれました。僕はずっと、みんなに甘やかされていた。できないことに、僕自身が甘えていた。でも明也さんはそれではダメだと言ってくれたんです。そして僕を信じてくれた」

何のことだ？　そう言いたそうな目で、明也が佑都を見ている。

でも佑都にとって、そのときのことは忘れられない。明也のその言葉は、大きな後押しになった。

「それに、僕がスフレを作りたいと言ったとき〝良いと思う〟って言ってくれました」

確証はないが、晴彦なら良いと言ってくれるような気がしていた。おう、やってみろ、やってみろ、と。

ただ明也は経営的にマイナスになると思えば、やめろと言うはずだ。そんな明也に良いと言われたことが自信にもなった。

最初は渋々だったけれど、今はここへ来て良かったと思う。

すでに同級生からは後(おく)れを取っているけれど、一歩一歩進んでいけばいつか……。

「ヤダ――！　助けて――！」

外から悲鳴のような叫び声がした。

いち早く、晴彦が店を飛び出す。そのあとを珠希が追い、佑都もたまらず外へ出る。明也も後ろから来た。

店のすぐ前で、中年の女性が、制服を着た中学生らしき女の子を羽交(はが)い締(じ)めにしていた。

「ちょっ、ちょっと！」

晴彦が慌てて間に入って、女の子の方に話しかけた。

「どうかした？　警察呼ぶか？」

「無理！」

「え？」

「事件でもないのに、警察が何かしてくれるわけないでしょ！」

「でも……」

「ああもう、みんなうるさい！　ちょっと、お母さん、いい加減、放してよ！」

「お、お母さん？」

晴彦と珠希の声が重なる。

言われてみれば、何となく似ている……ような気がする。家族と聞いて、問題ないと判断したのか、明也は店の中へ戻った。

娘の方はいまだ暴れていたが、母親の腕から逃れられる様子はない。小柄で細身……病的に細い身体では、たくましい身体の母親にはかなわないらしい。

「居酒屋が学校なわけないじゃない！」

「昼間は違うの。若菜(わかな)が逃げなければ、日中に来られたのよ」

「こんな場所、来たくなんかない！」

「でも今通っている高校より、きっと楽しいわよ」

「高校生？」

佑都が声を上げると、娘に鋭い目つきでにらまれる。視線だけで敵を倒しそうなくらい、力強い目をしていた。

晴彦が恐る恐る訊ねた。

「あの……お話から想像すると、もしかして、もしかして、ですけど……『すずめの学校』にいらした……とか？」

「そうです」

「違うから！」

母親と娘の意見は正反対だ。

だがどうやら、入学希望者なのは間違いないらしい。

晴彦が、ヤレヤレと言わんばかりにため息をついてから、店の中に向かって声をかけた。

「明也。入学希望者だってさ」

「違うって言ってんでしょ！」

「よろしくお願いいたします」

前途多難な様子に、佑都は不安を感じていた。

第四話

「冬」

田野若菜　十七歳

1

佑都がトレーを手に近づいてくると、亮我がパブロフの犬のごとく喉をならした。

若菜は『すずめの学校』へ来てからまだ十日ほどだが、亮我については二つほど知っている。一つは子どものクセに難しい勉強をしていること。そしてもう一つは、よく腹をすかせていることだ。

「今日は何？」

「メイン食材は豆腐。賞味期限が近づいたから処理しとけって晴彦さんが。みんなで食べて、味の感想を聞かせて。……良かったら若菜さんも」

佑都が練習として、料理をすることは珍しくないらしく、これでもう四回目だ。これまで三回は断っていた。だが、豆腐なら食べても良いかなと思う。

テーブルの上に、グラスが四つ並べられる。ウィスキーのＣＭに出てくるような透明のガラスだ。その中には白と薄いウグイス色の二層のゼリーかババロアのようなものが入っていた。

「佑都さんのお料理は、想像するのが楽しいわねえ。今回は、豆腐と……この色は、枝豆？」

「ハツネさん、さすが。冷凍モノだから、風味はイマイチだけど、これも晴彦さんが使ってみろって。フードプロセッサーでピューレ状にしたんだ。豆腐も枝豆も、もとは大豆だから、相性は悪くないと思って。あ、とりあえず食べて」

佑都がみんなをうながすと、亮我は笑顔で手を伸ばした。が、その表情はすぐに怪訝なものに変わる。

「……甘くない。てっきり、デザートかと思ったのに」

「そうねえ。私もお菓子かと思って食べたら……美味しいけど、ちょっと意外だったわね」

微妙な反応に、佑都は肩を落とした。

「スイーツに見えるおつまみ、ってことにしてみたんだけど、素直に豆腐を使ったムースとかにすれば良かったかな……」

「いや、マズいってのとは違う。ただなにか物足りないって感じがしなくもないけど、好みの問題かな？」

若干不満を述べているものの、亮我のグラスの中にはもう、ほとんど残っていなかった。

「若菜さんも感想聞かせてもらえる？」

佑都がグラスを差し出してきた。

「豆腐と枝豆の他は？」

「えっと……出汁と、塩と、ゼラチンと……あと豆腐の方をクリーミーにしたかったから、生クリームを少し入れた」

「生クリームが入っているの？」

「そんなに多くはないけど、やっぱり動物性脂肪は、植物性の豆腐とは合わないかな？　いやでも、豆腐とチーズの組み合わせは美味しいし……」

佑都は料理のことで頭がいっぱいらしい。一人でブツブツつぶやいている。

完食した亮我は、物足りなそうな顔をしているが、若菜のグラスにまでは手を出さない。でも若菜も食べるつもりはなかった。

親切そうにしているけど、本当は誰かに「太らせろ」と命令されているんじゃないか、と思ってしまう。

でも若菜は決めたことは守る。幼いころから、一度決めたことはやり通すようにしている。

今は食べ物を我慢だ。食べるのは良くない。食べたらやらなければいけないことができなくなる。

そう思うから、今日も出された物には手を出さなかった。

若菜はここ二年くらい、繰り返し見る夢がある。

名前をコールされ、場内に拍手が響く。銀盤の中央でポーズを決めると、ピアノの音色が静かに流れる。

ピンクの衣装に身を包んだ若菜は、最初のジャンプに向かってスピードをあげる。リンクの中央を過ぎたところで、踏み切り姿勢をとる。左足のアウトサイドに乗り、右足のトゥを突き刺す。空中で三回転。着氷後すぐに、左足のトゥをつきもう一度三回転。二度目のジャンプの方が助走できない分、難しい。それでも流れるように着氷できた。

指先にまで神経を巡らせ、片足を頭の上まで上げたスパイラル。拍手が起こる。フィギュアスケートは柔軟性を競う競技ではないが、若菜は身体の柔らかさを活かし、個性を発揮する。

リンクを縦長に使いステップを刻む。若菜は視線の先に愛しき人がいるように、熱っぽいまなざしをジャッジ席の方へ向ける。右足で前向きに滑り、次に後ろ向きでＳ字を描く。最後は頭の上に上げた足を両手でつかみ、ビールマンスピン。軸がぶれずに回る高速スピンは、音楽の終了とともに拍手が起こった。

やった！　完璧にできた。何度も失敗した場所をミスなくできた。これなら優勝だ。

キス＆クライで得点を待つ。隣に座るコーチが、何か話しかけてくる。でも歓声で聞こえない。

若菜は訊き返す。それでもやっぱり、コーチの声が聞こえない。

どうして？　隣を見ると、コーチの顔がなかった。

見上げる天井は、いつも自分の部屋。夢の中では華麗に滑っても、現実は何も変わらない。

「あーあ……」

今日もまた、『すずめの学校』へ行かなければならないのかと思うと憂鬱で、若菜の口からはため息しか出なかった。

あそこはつまらない。ハツネも亮我も佑都も、悪い人ではないが、若菜とは話も考え方も合わない。

若菜は今、在籍している高校にも、スケートクラブにも行っていない。正確には、行けない状態が続いていた。

クラブには、体調がよくなるまで来るなと言われている。でも若菜は悪いところなんてない。慢性的に抱えている怪我はあるが、選手で無傷の人なんて一人もいない。ある程度怪我と付き合っていくことは覚悟の上。それはコーチもわかっているはずだ。だけど、来るなと言われている。

若菜は三年くらい前までは、世界レベルの大会にも出場するスケーターだった。だが、怪我のあとから、満足な成績を残せていない。ジャンプがほとんど跳べなくなって、二回転がやっとだ。外科の先生は足は大丈夫だろうと言っている。でもコーチが練習を許してくれない。

仕方がないから、練習を止められている間、若菜はジャンプが跳べなくなったもう一つの原因をなくそうと思った。

中学三年生のころから、増え始めた体重。女の子から女性へと変化する身体。

だからダイエットを始めた。蓄えていた脂肪を減らさなければならない。とりあえず、五キロほど痩せることにした。

食事はご飯やパンなどの炭水化物は口にしない。揚げ物などは一切食べない。肉も太るからダメ。魚は少し。もちろん油を使わずに調理したものだ。野菜はドレッシングをかけない。果物も糖分が多いから、食べるのは柑橘系を少し。

野菜ばかり、それも味付けせずに食べていたら「虫みたい」と弟に言われた。

そんな生活をしても、一か月で三キロくらいしか痩せない。だから氷上の練習以外にジョギングも行った。毎日五キロは走る。持久力もついていいことずくめだ。二か月過ぎたころには、八キロくらい痩せて、中学一年生のころの体重に戻った。

これならジャンプが跳べる。

軽やかな気持ちでリンクへ行ったが、それでもまだ、コーチはリンクへ来るなと言った。納得できない若菜は食い下がった。だったら三分半のフリースケーティングをミスなく滑り切ったら許可すると言われ、それに従った。

だけど三分半どころか、一分半を過ぎたくらいから足は動かなくなり、後半のジャンプは転倒ばかりした。

思うように身体が動かない。このころには、少し動くと息切れがしていた。

コーチからはリンクの出入り禁止を言い渡され、ならばしばらく、遅れていた勉強をすることになった。若菜は小学校も中学校も、ほぼすべてスケート中心の生活で、学校よりもリンクで過ごす時間の方が長かったくらいだ。だから学習はかなり遅れていたし、友達もいなかった。いじめられてはいなかったが、そもそもいじめられるほど濃い付き合いをしていなかった。若菜は「スケートの子」という認識以外、持たれていなかったのだと思う。

それでも、滑っているときは良かった。練習が辛いと思うこともあったけれど、頑張れば頑張った分だけ、結果がついてきてますますのめりこんだ。

だけどその練習ができないから、学校へ行った。行ったけれど、勉強もわからず、友達もいない。だから学校も行けなくなった。

しばらく家に引きこもっていた。

どうすれば良いかなんて、若菜の中では答えは一つしかない。リンクに戻ること。

だけど、何をどう頑張ればいいのか、今の若菜にはわからなかった。

2

十二月に入ると、世間は一気にせわしなさを増す。そのせいなのか、明也（めいや）は最近、週に二回くらいしか学校に来ない。

三日ぶりに明也と会った若菜は、差し出された問題集を見て、頭に血が上った。

「どうして小学校六年生の問題集なの？」

対照的に明也はいつも通り、淡々としていた。

「中一がわからなくて、小五は及第点（きゅうだいてん）だったから」

「私は高二なんだけど」

「年齢だけな。頭の中は小六だ」

晴彦が一人楽しそうに「それってさ」と会話に加わる。

「頭脳は子ども、身体は大人ってヤツ？　漫画と逆」

明也が外の気温と同じくらい、冷たい視線を送った。

「オマエが言うな」

晴彦は叱られた子犬のように、しゅんとした。

「一年生のときに進級できたことが不思議だ。いったいどうやったんだ？」

「……補習」

高校にはスポーツ推薦で入学した。成績は散々だったが、昨シーズンまでは大会に出場していたから、学校も勉強の方は目をつむってくれていた。でも今は違う。大会へのエントリーもなければ、スケートクラブも休会扱い。一般入試の生徒と同じく、赤点を取れば追試を受けなければならない。追試で規定の点数が取れなければ留年になる。

「小学生が一気に高校生の問題は解けない。まあ、小六の算数はすぐに終わるだろう。必要な個所だけやって、今の教科書に追いつくしかない。もう十二月だ。学年末の追試は一、二教科に抑えたい。じゃないと進級は厳しい」

「わかってる」

「それと、世界史と生物と古典は、俺が覚えろと言った場所を覚えろ」

頭ごなしに指示されるのはムカつく。だけど若菜は言い返せない。勉強ができないことは事実だからだ。

明也の手から問題集をひったくって、机に向かう。

「じゃあ、オレちょっと出かけてくるわ」

晴彦がエプロンを外して、靴を履(は)き替えていた。

勉強中の亮我が顔を上げた。

「また商店街の集まり？」

「そう。どんどん客が減っているから、何かできないかって話が出ていてさ」

慌ただしく晴彦が店を出て行くと、明也も電話をしてくると言い、姿を消した。

残った生徒たちは各自自習となり、若菜も今もらったばかりの問題集を広げる。

いくら勉強してこなかったからといって、さすがに小学生の問題なんて簡単。そう思って問題に目を走らせるが、一問目から若菜の手が止まった。

「何これ……」

小声でつぶやいたつもりだったが、斜(なな)め向かいで数学の問題を解いていた亮我が反応した。

「ああ、時速の計算」

簡単でしょ、と声にならない声が聞こえる。

中学一年生の亮我は、今高校二年生の問題集を開いている。本来なら、若菜が使うはずの問題集だ。亮我はどの教科も、自分の学年以上の物を使っていた。

隣にいるハツネが、若菜の問題集を覗き込んだ。

「私、時速の計算はちょっと苦手だったわね。問いかけているのは時速なのに、問題文は分速で表示されたりすると、引っかかってしまうのよ。何度か解いていくうちに、傾向がつかめたけど」

「だいたいのパターンが決まっているから」

「そうなの。注意しなければならない場所がわかるようになれば、そんなに難しい話じゃなかったのよね」

「僕もそれ苦手」

キッチンにいたはずの佑都まで、話に入ってきた。

「僕の場合、学校へ行ってても、勉強は苦手だったと思うけど」

へへ、と佑都は照れ臭そうに笑う。佑都は以前、ここへ来てもゲームばかりしていたと言っていた。

「今は、こうして料理を覚えるのも楽しいし、将来パティシエになるための準備だと思うと、結果的にはこれで良かったのかなって思うよ。そうでなければこういう職業は考えなかっただろうし。両親も弟も、僕が目標を定めて、ようやくホッとしたみたいだからね。っていうか弟には〝やっと決めたか〟って言われたんだけど……」

引きこもっていたことが良かったというのが、若菜にはわからない。ただ、今が楽しいということは、佑都の話し方や表情を見れば伝わってくる。

「それより、ちょうど出来上がったところだから、またみんなに試食して欲しいんだけど良いかな？」

亮我の反応が早かった。

「もちろん！　今日は何？」

「豆腐」

「また？　最近、豆腐シリーズだね」

「年末年始、カロリー過多になる人が多いから、ヘルシーな感じの物をいくつか用意したいって晴彦さんが。もちろん、がっつり系も別に考えているけど」

「ヘルシーかあ」

亮我は若干不満そうだ。特に運動をしているわけではないのに、まったく脂肪がついていない。食べた分だけ、縦に伸びている感じで、手首なんて骨ばっている。

ズルいな、と思う。男子はズルい。

成長期を迎えると男女とも身体つきが変わる。男子は筋肉量が増える。でも女子は脂肪が増える。十二、三歳のころは跳べていたジャンプが、大人になると跳べなくなることは珍しくない。だけど男子は違う。成長するにしたがって、もっと難しいジャンプが跳べるようになる。もっと高く跳べるようになる。身体の成長がプラスに働く。

「ということで、今日はこれ」

みんなの前にグラスが並べられた。見た目は先日と同じものだった。

「前と一緒？」

「とりあえず食べてみて」

佑都が話はあとあと、とスプーンを握らせる。

亮我が真っ先に口に入れた。

「あれ？」

続いてハツネも「あら」と、目を丸くしている。

二人の反応は期待通りだったのか、佑都はふふーん、と嬉しそうに笑っていた。

「今日はデザートです」

「見たまんま！」

「でも、こっちの方がしっくりくるかしら。私みたいに歯が悪くなっても食べやすいし」

ハツネの意見に、亮我がうなずいていた。この前よりも食べるペースが速い。飲み物と間違っているのかと思うくらい、どんどん口の中に消えていく。

「視覚で感じるイメージ通りの方が受け入れやすいのかもって、栄養士の人に意見をもらって。ちなみに調味料は違うけど、使っている食材は基本同じだから、ヘルシーっぽさは出てると思う」

「おかわり」

佑都が口をへの字にして、亮我が食べ終えたグラスを見た。

「亮我は味わうっていうより、腹に収めるって感じだね。知ってる？　食べ物って喉越しを楽しむものじゃなくて、舌で味わうんだけど」

「知ってるよ。今度はちゃんと味わうから、もう一個ちょうだい」

最初からそう言われることを見越していたのか、佑都は持っていた一つを亮我に渡した。

さっきより少しはゆっくり食べているようだが、味わって、という感じではない。ただ、佑都は笑顔でその様子を見ていた。

「作ったものを美味しいって食べてもらうのが一番嬉しい」

それは、作り手ならみんな同じなのだろうか。

毎日食事を用意してくれる母親も、若菜がすべて食べた方が嬉しいのだろうか。

「若菜ちゃんもどう？　美味しいわよ」

ミルク色の豆腐は空気を含んでフワフワしているし、淡いグリーンの枝豆のムースは、少しだけ粒が残っていて、食感も楽しめそうだ。

ハツネや亮我の様子を見ていたら、普段は押し込めている若菜の食べたいという欲求が溢れそうになった。

お腹がすいた。食べたい。だけど食べちゃダメ。ダメなのに――。

若菜の手は意に反してグラスを手にする。一口食べた。

豆腐の香りは残っているが、枝豆のムースとの相性が良いのか、クセは感じない。甘さも程よく、舌触りも滑らかだ。

「それは良かった。おかわりもあるので、遠慮(えんりょ)なく。……亮我は遠慮して」

「なんで？」

「一つは明也さんに残しておきたいから。あの人も、あんまり食べないし。それに亮我の場合、栄養が全部身長に使われるのが気に入らない。この調子だと来年には僕を追い越しそう」

「ケチ臭い大人」

「大食いの子ども」

若菜はもう一度グラスの中にスプーンを入れる。美味しかった。これくらいなら――でも、グラスの中は豆腐と枝豆と生クリームと砂糖が入っている。

生クリームの主成分は脂質。砂糖は糖質。どちらもエネルギー源だが、スケートをしていない今の若菜には無駄なものだ。

若菜は小学生のような喧嘩(けんか)をしている亮我と佑都を見てから、店の隅(すみ)へ行く。

美味しかった。それは本当だ。でも……。

「ごちそうさま」

若菜がグラスを置くと、佑都が嬉しそうに目を細めた。

「もう一つ食べる？」

「あ、ううん。もうお腹いっぱい」

「美味しい……」

「じゃあ、僕がもう一つ」

「だから亮我は食べ過ぎ」

あれ？　おかしい。

若菜の視界が徐々に暗くなる。

食べちゃダメなのに、食べてしまった罰なのかもしれない。

そんなことを考えていると、周りの景色が波のように揺れて、頭がどんどん床に近づいていく。

踏ん張らなきゃ。そう思っても若菜の足に力が入らない。床に膝を打った。痛い、と思ったときには、意識が消えていた。

仕事帰りに『居酒屋すずめ』に寄るのが、珠希の楽しみになっている。酔って電車に揺られるよりも、家のそばで飲む方が楽だ。金銭的にも、ランチの回数を減らしてお弁当を作ることで特に問題はない。そもそも『すずめ』のメニューは、以前より値上げしたらしいが、それでも十分手ごろな価格だ。

問題はアルコールに押されて、ついつい摂ってしまうカロリーだ。最近はヘルシーメニューが増えたおかげで横ばいだが、ここ数か月で珠希の体重は右肩上がりだ。

栄養士をしている東雲と顔を合わせた珠希は「どうしましょう？」と泣きついた。

「脂質は敵視されることが多いけれど、三大栄養素の一つなの」

　東雲はごま油の小瓶を片手に語る。

「でも、油ってカロリーが高いですよね？」

「確かに、炭水化物やたんぱく質と比べると高いわ。その二つは一グラムあたり四キロカロリーなのに対して、脂質は九キロカロリーもあるから。多く摂取すれば当然、エネルギー過多になるわね」

「でも必要？」

「そう。脂質にもいろんな種類があるから一概には言えないけれど、ホルモンや細胞に関係してくるから、一切排除するのは良くないの。それに本当に悪いものなら、身体の中に脂肪があること自体おかしいじゃない？　必要だから蓄える。ただし過剰になると病気につながる。そこはバランスの問題よ」

「ああ……はい。それはわかります。よくテレビの健康番組で、一つの食品の良さをアピールすると、翌日スーパーからその商品が消えたって……母が騒いでいたことがありましたから」

「ああ……あるわね」

　東雲が苦笑した。

「私は病院にいるから、当然病気の人と話すことが多いけど、これさえ食べていれば病気が治るとか、薬を飲まなくていいとか、そういう情報に流される人は結構いるのよ」

「うちのお祖母ちゃんは逆に、よく食べてよく寝てよく笑うのが一番の健康法って言うくらいだから、たまには病院へ行ってよって思うけど」

「いやいや、ハツネさんのそれが、ある意味すべての健康法かもしれないわ。ストレスって健康の最大の敵だし。知ってる？　東京のラッシュ時の混雑レベルを人間じゃなくて豚に置き換えると、ストレスで死ぬんだって」

「そうなんですか？」

「――と、聞いたことがあるけど、本当かどうかはわからない」

東雲がペロリと舌を出した。

「まあ、アルコールのエネルギーは余計かもしれないわね。栄養素があるわけでもないし、健康にも良くないし、お茶に換えれば、その分のカロリーはゼロになるし」

珠希は一センチくらい残っていた酎ハイを飲み干してから、ウーロン茶を注文する。

そんな話を聞いた直後では、さすがに二杯目は頼めなかった。

「でも珠希さんは、少しくらい増えても大丈夫でしょ。まだ全然瘦せてるわよ」

「体重はそうかもしれませんけど、そこはホラ、スカートのウエストがきつくなったりすると、ちょっといろいろ考えてしまうわけですよ」

「気持ちはわかるけど、瘦せ志向はお勧めしないわよ。今言った通り、人体には適度に脂肪が必要だから」

「それって、どのくらい必要なんですか？」

珍しく、佑都が強めの口調で話に入ってきた。らしくない態度に、珠希は疑問を感じた。

「何かあったの？」

それまでずっと黙っていた明也が、ようやく会話に参加する。飲む、食べる以外に、話すために口があることを思い出したらしい。

「若菜が昼間倒れた。意識を失ったのは一瞬だったが。親の話では貧血らしい」

「食べなければ、当然ですよ」

「心当たりでもあるの？」

バイト中だが、晴彦に許可を得ているらしく、佑都はキッチンから出てきて、空いているイスに座った。

「僕、見たんです」

「何を？」

「若菜さんが、デザートを捨てているところを。コッソリと」

「コッソリなのに、どうして気づいたの？」

佑都は苦笑する。

「ごみ箱を見たので。上から紙くずも捨ててあって、隠したつもりだろうけど、店のごみ箱、生ごみ用と紙ごみ用、分けているから、紙ごみをよけようとしたら下から……まあ、僕の試作品が不味かったのかもしれないけど」

佑都は少し悲しそうに、目を伏せた。

基本的に佑都はフロア担当だ。でも、今ではデザートはほぼ佑都が作っているし、試作品として出される料理もかなり美味しい。捨てるほど不味い、というのは想像できなかった。

「苦手な味だったとか？」

「一口目は美味しいって、食べてくれました」

「じゃあ、お腹いっぱいになったとか？」

「ティー・スプーン、一口で？」

珠希も苦し紛(まぎ)れの意見だということは自覚している。

結局珠希は、それまで感じていた疑問を明也に訊(たず)ねた。

「若菜ちゃんって、もしかして……」

「倒れたのは栄養失調による貧血らしいが、摂食障害の疑いで病院にかかったことがある、と母親が言っていた。ただし、通院は本人が拒否している。とりあえず運動は禁止、食べられるものを増やせと指示されたところだ。現段階では入院するほどでもないし、治療と言っても、やれることは限られている。できれば親も普通の生活の中で治したからしいが、学校にもなじめなくて、結局ここへ連れてきた」

「スケートをしながら、体重を増やすってことは無理なの？」

「え、その子スケーターなの？　若菜って、もしかして、田野(たの)若菜？」

会話の外にいた東雲が急に前のめりになった。

「知っているんですか？」

「知ってるも何も、世界ジュニアで四位入賞した選手だからね。そういえば最近見ないって思っていたけど、だからか。彼女も摂食障害ねえ」

東雲はある程度予測ができていたことのように言った。

「彼女もって、東雲さんのお勤めの病院に、他にも摂食障害のスケーターがいるんですか？」

「ううん、そうじゃなくて、女子のスケート選手で摂食障害ってない話じゃないから。日本代表だった金木朋子さんとか、ロシアのマリア・リセンコとかアメリカのキンバリー・シルバーとか」

「その辺の名前は聞いたことがあります！」

東雲が当然よ、と言わんばかりにうなずいている。

「オリンピック選手だからね。でも、そんな彼女らも苦しむし、克服できる人もいれば、できずに引退していく人もいる」

「どうして、そんなに摂食障害になるんですか？」

「なるっていうか、女性的な体形になると、ジャンプが跳びにくくなるみたい。回転軸を細くするにはできるだけ直線的で軽い方が回りやすいから」

「男性は重くないですか？」

「そこは筋力がカバーして……まあ、私も専門家じゃないから、技術的なことは何とも言えないけど、男性より筋肉の付きにくい女性の場合、成長するにしたがって、ジャンプがしにくくなるみたいね。でもそれじゃあ大会で得点が伸びない。だからできるだけ、少女のころのような体形を維持するために、食事を制限するらしいわよ」

「なるほど……。東雲さん、詳しいですね」

へへー、と東雲は得意気に、少し胸をそらした。

「好きなのよ。さすがに大会は年に三回くらいしか行かないけど、テレビ放送は全部チェックするし、選手のインスタはフォローしているわ」

「はあ……」

意外な趣味があるものだ。

東雲は日本酒を注文して、くいっとお猪口(ちょこ)を一気に飲み干した。

「それにしても、田野若菜がそんなことになっていたとはねえ」

「スケートしながら、摂食障害の治療はできないんですか？」

「私は医者ではないし、田野さんを直接見ていないから何とも言えないけど、あのレベルになると難しいかなあ」

明也は静かに口を開いた。

「そもそも、スケートはもうやめたそうだ」

「身体が治ったら復帰するんじゃないの？」

「遊びくらいなら構わないが、親がもう、終わりと決めているらしい」

「どうして？」

「一番の理由は金銭的なことだな。選手として続けるのはもう無理だそうだ。仮に金銭面に問題なくても、国の代表クラスは無理だろうとも言っていた。怪我をする前から、すでにジャンプがあまり跳べなくなっていたみたいだからな。これも、選手レベルの話らしいが」

「らしいとか、みたい、ばかりなのね」

明也の右目が少し細められる。この表情は不満――いや、少し悔しがっている。

表情の変化が少ない明也だが、最近珠希は、微かな違いに気づけることが増えた。

「いつかまた復活するってことは無理なの？」

東雲が「うーん」と悩ましい声を漏らした。

「ないとは言わないけど、可能性としては少ないでしょうね。それにお金の問題はねー。知ってる？　トップクラスの活動費って年に二千万円かかるらしいわよ」

「二千万？　え、一年で？　何をどうしたらそんなにかかるんですか？」

珠希の父親は月末になると小遣いが足りないとぼやき、母親は一円でも安いスーパーがないかとチラシを眺めるような家庭に育った。だから庶民の暮らししか知らない。二千万円はサラリーマンが簡単に稼ぎ出せる金額でないことは、十分理解している。しかも家族の生活費を考えれば、もっと収入がなければ成り立たないのだ。

東雲が指を折りながら説明する。

「リンク代でしょ、コーチ代でしょ、衣装代でしょ、振り付け代に、靴代、それと遠征費。基本的に選手自身の分と、コーチの移動費も選手側の負担なのよ。早いうちにトップクラスの仲間入りをして強化費をもらうかスポンサーがつくかしないと、一般家庭はやっていけないみたい。もちろん親に財力があれば別だけど。世界を狙うとなるとお金はいくらあっても足りないみたいね」

「はあー……別世界があるんですねえ」

「もちろん田野若菜も、その可能性があった一人だったのよ」

東雲に悪気はないのだろうが、若菜のことを「過去形」で話している。

過去に実績もあって、まだ十七歳なのに、若菜はもう無理だと言われている。それはきっと、スケートに関しては間違った判断ではないのだろう。

でも、と思う。それをどうすれば自覚できるのか。少なくとも若菜は抵抗している。しているから、食事を減らそうとしている。

明也が箸(はし)を置いた。この人も食べないな、と珠希は思う。

普段の生活が見えない。『すずめ』にいるときも、晴彦が話しかけても、どこか別のところにいるような感じがする。

どんな生活をしているのだろう。

珠希が明也の横顔を見ていると、視線がぶつかった。

考えてみると、明也は謎が多い。初めて会ったとき、外見の良さから、少しだけ浮かれた気持ちで彼を見た。だが明也は〝祖母の先生〟。そんな態度は悟られないように、珠希は普段よりも丁寧に接したつもりだ。だけど明也は素っ気なく、喧嘩を売っているのかと思うくらいの態度だった。

少しずつ顔を合わせ、言葉を交わすうちに、その素っ気なさは単純に感情を表に出すのが苦手なだけで、内面は面倒見の良い性格なのだと知った。ただそれさえも彼の一面でしかないのではと思う。その奥にあるものは――。

「何だ？」

「別に」

もっと素顔を見てみたいと思うが、距離の詰め方が難しい。人慣れしていない野生動物の相手をしているみたいだ。

そんな珠希の心中を知るわけもなく、明也は若菜の話に戻った。

「問題は、若菜自身が、現状を受け入れていないことだ。今の自分を認識できなければ、先へ進めない」

「かといって、素人が手を出せることでもないでしょ？」

明也は何も言わない。何を考えているのか、それとも反論できないのか。

そこまではまだ、珠希にもわからなかった。

『すずめの学校』は、月曜日から金曜日までの週五日間。週末は休みだ。けれど土曜日。若菜は明也に呼び出されて、平日と同じように、十時に登校した。

「なんで休みの日に――」

店に入った若菜は目を疑った。いや音に反応した。

この曲を忘れるわけがない。何百回と聴いた音楽だ。そして画面の中で滑っているのは、四年前の自分だった。

「どうしてこんなものがあるの！」

若菜は靴のまま座敷に上がり、テレビの電源を切った。

イスの背もたれに身体を預けていた明也が、若菜の方に手のひらを出す。

まるで若菜がそうすることを知っていたかのように、表情一つ変えずにいることがムカついた。

「テレビをつけろ。俺が見ていた」

見られたくない若菜は、トレーからＤＶＤを取り出した。

こんなもの、壊してやる。

若菜が手に力を入れたとき、明也が「一万円」と言った。

「何が？」

「そのＤＶＤを貸してくれた人に、万が一壊れた場合どうするかと訊いたら、一万円で勘弁してやると言われた。壊した人に弁償してもらう」

「一万円払えばいいのね」

それでこれが壊れるなら、安いものだ。

若菜は力いっぱいＤＶＤを折り曲げた。可能なら、粉砕して燃やしてしまいたいくらいだった。

ハサミがどこかにないか探すと、明也がキラリと光るものを取り出した。

「――え？」

「デジタルの複製は簡単にできる。壊したのはコピーだ。マスターはもう返した」

「ひどい！　何それ」

騙された。最初から、若菜の行動を見越したうえでコピーを作っておいたかと思うと、身体中の血液が頭に上ったかと思うくらい熱くなる。

「普通、そんなことしないでしょ」

「持ち主にとっては大切なものだ。それに普通は、人のＤＶＤを壊すなんてことはしない」

若菜も普段ならこんなことはしない。ただ、どうしてもこの演技だけは見たくなかった。

「私はこのときの自分が嫌い」

明也はイスから立ち上がり、新しいＤＶＤを入れて、また再生した。

リンクに若菜の名前と国名がコールされる。

拍手が鳴る。両手をあげて、リンク中央に若菜がポーズをとる。柔らかなピアノの音色で演技が始まった。

「見なくても、全部覚えている。どの音のときに手をあげたのか、どの振りのときに審判の方を向いて笑ったのか。スピンの回転数も、どのタイミングで拍手をもらったのかも。だから見なくていい」

「俺は見たい。スケートのことがわからない俺でも、凄いと思う」

「お世辞なんて聞きたくない！」

「俺はお世辞なんて言わない」

発言は最低だが、言われてみれば確かにそうだ。明也なら、気を遣うよりも先に、ダメ出しをするだろう。

「褒(ほ)めてもらったのは嬉しいけど、やっぱり嫌。この試合を見るなら私は帰る」

踵(きびす)を返して、店のドアに手をかけた。

「待て」

それでも若菜は帰ろうと、右手に力を入れる。だがドアが一〇センチくらい開いたところで、明也が問いかけてきた。

「どうしてそこまで嫌う？　選手として一番良い結果だったんだろう？　この時点での日本のジュニア女子最高得点を記録したんだろ？　ミスのない演技だったんだろ？」

明也の言う通り、当時の日本ジュニア女子最高点で、若菜のスケートキャリアの中で、世界ジュニア四位という文字は外せない。

だがこの事実は、栄誉でもあり汚点でもある。得点なんて翌シーズンには塗り替えられたし、そもそも四位だ。ロシア勢の技術力はすさまじく、太刀打ちできない現実も目の当たりにさせられた。何より――。

「これが最高じゃない！　でも、これが限界なの！」

目立った失敗はなかったが、小さなミスはあった。まだ点数の上乗せはできたはずだ。演技直後はガッツポーズをしたが、得点を待つ間、身体が冷えてくるのと同じ速度で、頭も冷静になった。そうすると、まだできた、もっとできた、と思った。

だから、この試合だって悔しさは残る。

残ると同時に、これ以上の演技はあれからできていない。だから悔しい。

「私は、何もかも……友達と遊ぶことも、体育祭も、文化祭も、修学旅行も学校の行事なんてほとんど参加しないで、スケートだけしてきたの。たくさん、たくさんいろんなものを捨てて、全部スケートにかけて、表彰台の一番高いところに上ろうとしたの――」

認めたくないけれど、認めなければいけない事実。

ずっと抑えつけていた言葉。

一度溢れてしまえば、もう止めることはできなかった。

若菜は喉の奥から叫んだ。

「もっと、上へ行くつもりだったの。もっともっと、やりたいことがあったの。でも、私のピークは十三歳だったの。この先、もうそれ以上にはなれないの！」

画面の中の若菜は、後半のコンビネーションジャンプを決めて、さらに次のジャンプへの助走を始める。

このころは怖いものなしだった。跳べたのはトリプルルッツまでだったが、もっと難しい、トリプルアクセルも四回転も練習していた。もっともっと練習すれば、できるようになると信じて疑わなかった。

明也は画面の方を向いたまま言った。

「何にだって、終わるときはある。スポーツはそのときが早く来ることが多い。だいたい、多くの人はここまでたどり着けない」

「でも私が目指していたのは、こんな場所じゃなかった」

子どもが夢を見る、将来オリンピック選手になりたい。

少なくともこのころの若菜は、夢ではなかった。目標としていても、誰も笑わなかった。だけどもう夢すら見られない。

「夢が……迷子になったまま、どこかへ行ってしまった」

「夢が迷子、か。上手い言い方だな。でも、夢の行き先が思い描いていた通りでなくても、受け入れるしかないこともあるはずだ」

「受け入れられないから抵抗するの。……『ロミオとジュリエット』のように」

ん？　と明也が小首をかしげる。だけどすぐに、若菜の発言の意味を理解して、テレビの方を向く。若菜がこの試合のとき使っていた音楽は、映画『ロミオとジュリエット』のサウンドトラックからだ。

「確かに、『ロミオとジュリエット』は悲恋ものと言われているな。敵対する家同士に生まれたのに恋をして、反対されて駆け落ちをしようとするも、失敗。最後は――」

誤解したまま自殺。物語の中の二人が添い遂げることはない。

明也は画面の方を向いたまま言った。

「抗うのもいいが、受け入れれば、幸せな人生があったのかもしれない。少なくとも生きていれば、違う幸せを見つけられたかもしれない」

「他の人ではダメなくらい、熱烈な……一途な想いだったの。……きっと」

「一途だとは思うが、幼かったとも言えるんじゃないか？　この曲を滑った若菜も十三歳だったが、ジュリエットも十三歳だ。もっと冷静になっていれば、違う未来はあった。ま、冷静だったらあの物語は成立しないともいえるか。あそこで死んだから一途な恋と言われるが、長生きしていたらどうなったか。もし駆け落ちが上手くいって二人で過ごせたとしても、ずっと良い関係でいられたかはわからない」

「何か、サイテー」

明也が語ると、名作と言われている作品もケチがついてしまう。

若菜の反応は想定内だったのか、明也は薄らと笑みを浮かべていた。だがすぐに、いつもの読めない表情に戻る。

「立てた目標のすべてが達成できるわけじゃない。怪我や病気をしなかったとしても、成績が振るわないことだってあるんじゃないのか？」

「そんなこと知っている。知っているけど、自分でやり切ったって思えないうちに、登っていた山から落ちるのは、意味が違う。だいたいアンタに、私の何がわかるっての？　そんな風に、人生のすべてをかけて、打ち込んだものがあるの？」

「ない」

明也の返答は速かった。

その声が余りにも静かで、透き通っていて、潔かった。

「俺には何もない。人生のすべてをかけるなんてものは、何もなかった。ただ家に引きこもっていた」

「でも、勉強できるし、今はこうして学校を……」

「学校は晴彦が言いだしたことだ。俺は自分から何もしていない。したことがない。若菜は十三歳がピークだと言ったが、一度でも輝けたのなら、それは正しいことをしていたんだと思う」

「十三が人生のピークで？」

「俺は十三からずっと、人生のどん底にいる」

「――え？　えっと……わけわかんない。学校を始めたのは自分の意思じゃなくて、十三のときは引きこもっていて、ずっとどん底って、どういうこと？」

若菜の頭がこんがらがる。口に出して言ってみても、やっぱり意味がわからない。

明也が口を開くのを待っていると、階段から足音がした。トトトと、その音は近づいてくる。

顔を覗かせたのは亮我だった。

室内の空気を瞬時に察したのか、しまった、という表情になった。

「声がしたから……僕、上に戻る」

「俺はもう帰る」

明也は、大股で出入り口のドアへ行く。テレビもつけっぱなし、話も途中だ。

若菜は慌てて呼び止めた。

「ちょっと待って！　用件は何だったの？」

だけど、その自分勝手な背中が振り向くことはない。何も言わずに店を出て行った。

残された若菜は、何のためにここへ呼ばれたのかわからない。見たくもない昔の演技を見せるためだったのだろうか。

画面ではちょうど、若菜がフィニッシュのポーズを決めて、最後の一音が消えたところだった。

一瞬の静寂のあと、拍手が鳴り響く。画面には、満面の笑みの若菜が映し出されていた。

音に釣られるように、亮我はチラッと画面の方を見たが、何も言わずに二階へ戻ろうとする。

「ねえ！」

亮我は足を止めて振り返った。

「何？」

「あの人、十三歳からずっと、人生のどん底にいるって言っていたんだけど、どういう意味？」

「……明也さんがそう言ったの？」

「そう。っていうか、私が訊いているんだけど」

「ああ、うん。十三から……」

いつもは思ったことをはっきりと言う亮我が、珍しく言いよどんでいた。

「本人が言わないのなら、僕の口からは言えない。ただ明也さんも、順調にここまで来たわけじゃないよ」

「頭も良くて、ルックスだって悪くなくて……このお店だって、経営を立て直すためにお金を出したって……。あの人に何が欠けているの？」

「頭も外見もお金も……は否定しないけど、だったらどうしてそんな人が、恋人もいなくて、誰とも交わろうとしなくて、いつも一人でいるの？　何でいっつも、店の隅でパソコンばかり見ているの？　晴彦くらいでしょ。明也さんと付き合いがあるのは」

確かにそうだ。ハツネや亮我が質問をすれば答える。必要があれば会話はする。

だけど、自分から人にかかわろうとはしない。

若菜はまだここへ来て二週間くらいで、みんなのことを知っているわけではない。知らない代わりに、若菜自身もみんなの輪の中に入っていない。だからこそ明也も孤立しているることは感じていた。みんなと同じ空間にいるのに、なぜかいつも、明也の周りだけ静かな空気を感じていた。

「どうして？」

「さあ？」

亮我は何か知っている。でも知らないふりをしている。そして寂しそうに「ホント、何でだろうね」とつぶやいた。

3

明也に本音をさらけ出したせいか、若菜は現状を認めるしかない、と思い始めていた。それでも気持ちを切り替えられないのは、スケートをやり切ったと思えないからかもしれない。

若菜は高校一年の冬、コーチには黙って、地方大会にエントリーしたことがあった。もちろんそのときは、まだ次を見据えて調整のつもりで参加した。

このころはコーチから練習を休むように言われていて、長く練習できなくなっていたため、新しいプログラムは用意していなかった。だからフリープログラムでは、自分が一番い。

これを滑れば、もう一度自分はあのころに戻れる。そんな風に考えていたのかもしれない。

でも、若菜はショートプログラムでジャンプミスを連発し、フリーには出場できなかった。そしてその大会を最後に、試合には出ていないため、『ロミオとジュリエット』は滑っていない。

「どうすればいいんだろ……」

若菜の目の前にあるシチューの皿からは、湯気が立ち上っていた。

晴彦が腕組みをして、すぐ横で門番のように立っている。

「食べればいい」

テーブルをはさんで、晴彦の向かいに立つ佑都も続く。

「デザートは今、冷蔵庫の中で冷やしてあるから」

「東雲さんには、無理強いするなって言われているんだけどな。でも何て言うか、見てらんないよ」

晴彦の言葉に嘘は感じない。若菜を困らせようとしているわけじゃないことも、若菜を陥れようとしているわけじゃないこともわかっている。

「シチューは市販のルーを使わずに、豆乳で仕上げてある。ちょっと味噌を入れてコクをだしたんだ。見た目よりもアッサリしているし、野菜も軟らかく煮て、肉も脂身を極力排除して小さくカットしたから、カロリー控えめ。あと量も少なめにしといた。完食しやすいくらいの方が、食べやすいだろうって」

「ありがとう」

自然と、お礼の言葉が若菜の口から出ていた。でも食べようとすると、罪悪感が湧く。湧くけれど、どれだけ若菜のことを考えて作られている料理かは、皿の中を見ればわかる。野菜も肉も食べやすい一口サイズになっている。しかも人参は一つだけ、星形にカットされていた。濃い緑色のブロッコリーは、皿の中をさらに鮮やかにしている。

「晴彦」

明也が右手でパソコンのキーボードを打ちながら、左手の人差し指で晴彦を呼びつけている。

「あのなあ、オレはウエイターじゃないの！」

晴彦が抗議しながらも、へいへい、とズボンのポケットに手を突っ込んだまま明也に近づいた。

「何？」

「商店街の話、どうなった？」

「ああ、あれ？　本決まりになった。目玉企画もないし、参加する店も少ないけど、逆に取りまとめやすいから、何とかなるだろうって。告知までの期間が短いから、宣伝方法に頭悩ませていて、もしかしたら明也にネット関係の相談するかもだけど」

「ああ」

「え？　オッケーなわけ？」

「自分で頼んでおいて驚くな」

「いやあ、ダメ元って言うか、とりあえず言ってみた、的な？」

「その代わり、俺からも頼みがある」

「ん？」

顔を近づけて小声で話しているから、二人の会話は聞こえない。

その間に若菜はシチューを一口食べた。ホワイトシチュー。見た目からするともっとこってりしているかと思ったが、油っぽさはなく、コクはあるのにしつこくない。トロミはあるけどするりと喉を通る。

「美味しい」

佑都が「良かった」と言いながらも不安そうな表情をしていた。

「本当に美味しい」

「うん。僕も食べたし、美味しいと思った。これは晴彦さんが作ったから、味は保証する」

若菜はもう一口食べた。お腹の中からポカポカと温まり、その熱が血液の流れに乗って、身体中に届く感じがする。

「ええ？　明也それ、本気で言ってる？」

晴彦の声が突然大きくなった。

明也はその反応を想像していたのか、眉一つ動かさずにうなずいた。

「完璧に同じではないらしいが、イベントで使うくらいなら問題ないようだ」

「今のところ、ご当地アイドルの一組が決まっているだけだから、むしろありがたいくらいだけど。あ、でも……」

「費用は俺が持つ」

「高いんじゃね？」

「学校として参加するから必要経費だ」

「まあ、明也がそう言うなら。でも……大丈夫なわけ？」

二人の間で話がまとまったようなのに、なぜか晴彦がチラチラと若菜の方を見ている。

「それは本人に判断してもらう」

明也が若菜に近づいてきた。

何を言われるのだろう？

明也が突然「滑れるか？」と言った。

「どういう意味？」

「そのままだ。人前でスケートを滑れるか？　と訊いたんだ」

「無理に決まっているでしょ」

「ジャンプを一切跳ばなくても？」

「それなら……でも、ジャンプを跳ばないなんてことは、普通はないけど」

「俺はどのくらい助走すれば跳べるのかはわからない。ただ、試合のときのように、トップスピードに乗ることはできない、ということだけは想像できる。それでも跳びたければ、勝手にどうぞ、だが」

「どういうこと？」

明也のわかりにくい説明に若菜が焦れると、晴彦が「あー、オレが言う、言う」と割り込んできた。

「来月、商店街でイベントを行うことにしたんだ。この商店街。ただでさえ人が来ないのに、冬場はいつも以上に人通りが少ないから」

「イベントじゃあ、たとえお客さんが来ても、一過性で終わるんじゃない？」

二杯目のシチューを食べていた亮我の質問に、晴彦が苦い顔になる。

「その意見は、他の人たちからも出た。ただ何もせずにいたら、どっちにしろ何も変わらないだろ？　少しは活気づけたいというのもあって、できる範囲で何かしようって話になったんだ。まあ、ここで商売をしているオレたち自身を活気づけようってこともある。で、そのうちの一つは、ご当地アイドルに来てもらうことになった。それは北村時計店の娘さんの旦那さんの、従兄の奥さんの妹の友達の兄が知り合いとかで、何とかＯＫもらえた」

「遠いよ……。ってかもう、ただの他人だし」

口に出したのは亮我だが、他の人たちも思っていたのか、誰も異を唱えなかった。

「それプラス、各店でも何かしようってことにはなっているんだ。まあ、セールをしたり、うちだとセットメニューとか、その日だけはドリンク代を安くするとか、今のところそんなことくらいしか考えていなかったんだけど。できたら、何か他にも目玉になるようなイベントがあると良いなって思っていたら、明也がアイスショーをしようと言い出して」

「アイスショー？」

亮我だけでなく、ハツネも佑都も驚いていた。

明也は相変わらず落ち着きはらっている。

パンフレットをみんなの前に出した。

「六メーター×七メーターの小さなリンクだ。普通の試合で使われるリンクは三〇メーター×六〇メーターだから、比べようもないくらい小さい。しかもこのリンクは氷じゃなくて樹脂……表面にワックスが塗ってあるタイプで、素人が遊ぶには問題ないが、経験者にとってはやりにくいかもしれない」

「うん、滑りやすくはない」

若菜にみんなの視線が集中した。

「滑ったことがあるのか？」

「一度、イベント広場で。貸し靴だったたってことを差し引いても、確かに滑りにくかった。あ、言い方が違うかな。氷とは感覚が違って、いつものようには滑れなかったって方が正しいかも。でもそっか。樹脂製のリンクね。だったら設置はすぐにできるだろうね」

さらにサイズも小さい。明也の言う通り、満足に助走ができないため、若菜が一番良い状態だったときでも、難しいジャンプはできないだろう。

エッジを深く倒すこともできないから、ステップも複雑なものは踏めない。ただ、今の若菜の場合、たとえ氷の、フルサイズリンクであったとしても、昔のようには滑れない。

「スピン、ステップ、スパイラルだけ……」

「できるか？」

「試合のプログラムを作るわけじゃないから……何を滑ればいいの？」

「好きにすればいい。ただそこを訪れる人は、目の肥えたスケートファンではない。わかりやすいプログラムが良いだろうな」

「ヒットした映画やドラマとか？」

「そんなところだな。もう一つ条件を加えるとすると、ある程度の年代の人にもわかりやすいものの方がいい」

「どうして？」

「イベントを開催したところで、どれだけ集客できるかわからない。ただ、この商店街に住む人たちは見てくれるだろう。その場合の平均年齢は？」

――基本的に高い。

そうなると、現代ではなく過去に流行ったもの。

そして一から作るとなると大変なため、すでに滑ったことがあるプログラム。

「……少し考えさせて」

なんだかはめられた感じがして、若菜は即答できなかった。

4

若菜が「考えさせて」と言ったものの、すでに開催は決定する方向で準備は進んでいる。この前は商店街に掲示するポスターのデザインまで見せられた。そこには小さいながらも若菜の名前も入っていた。世界ジュニアに出場したことで、スケートファンには十分名前が知られている。ＳＮＳで拡散されているのも確認してしまった。

どんどん引き返せない状況を作り出されている。そして若菜も、やりたくないわけではなかった。

ただ、怖い。失敗したら。無様な姿を見せたら。途中で足が止まったら。

この話を聞いた夜、十三歳のころの衣装に袖を通した。

十五歳のころは着られなくなった衣装が、十七歳の今、ブカブカになっていた。

似合わなかった。鏡に映る自分の姿が醜（みにく）かった。

手も足もガリガリで、筋肉なんてない。ずっと痩せなければならないと思っていたけれど、十三歳のころよりも貧弱な身体で、三分半を滑り切ることなんてできるわけがない。

だからまず、食べようと思った。身体の調子が戻れば、練習することは問題ないからだ。

ただ、食べることへのハードルは、低くはなかった。

主に晴彦がそれを助けてくれた。

「一度にたくさん食べようとしなくていいから」

「わかってる。でも……」

「若菜ちゃんは根っからのアスリートなんだろうな。突き詰めちゃうから、周りのことが見えなくなる。今だって、スケートを滑るために食事を摂らなければならない、と思っていない？」

図星を指されて若菜が黙っていると、晴彦は飴玉を一つ、テーブルの上に置いた。

「必要だから食べるってことはあるけど、それ以上に美味しいもの食べて幸せとか、好きなものお腹いっぱい食べたいとかって思ったりしない？　今は別としても、小さいころ思ったりしなかった？」

子どものころは、むしろ食べることが好きだった。どんなに食べても太ることはなく、練習で疲れた身体と、上手くできずに悔しかったココロを慰めてもらっていた。

「飴玉なんて、ほとんど砂糖の塊なんだ。だから食べなくたって問題ない。むしろ虫歯にならずにすむかもしれない。でも、食べる人はいるでしょ。それって美味しいからなんだよね。あ、飴はあげない。これはオレのおやつ」

晴彦は若菜の目の前で、飴玉を口の中に入れる。幸せそうに目を細めた。

「晴彦さんは、作るのも食べるのも好きなんだ」

「それと、オレが作ったものを美味しそうに食べてくれるってのも好き。若菜ちゃんだって、スケートが好きだから滑りたいんだろ」

好き……なのだろうか。

結果ばかりを目指していた若菜にはもう、何が楽しくて、何のために滑っているかなんてことは考えていなかった。

「そりゃ、良いことばっかりじゃないさ。オレには商才はないし、お金を気にしないで料理だけ作っていられたら楽しいと思うけど、店を持つ以上、やっぱりそうはできないし。したくないことだって、しなきゃならないこともあるからさ」

「経営は明也さんに任せているんじゃないの？」

晴彦が苦いものと甘いものを一緒に食べたような、いろんな感情が混じり合った表情をした。

「そうばかりも言っていられないよ。……情けないじゃん」

そんなものなのだろうか。自分の店を守りたいと思えば、すべてを把握したいと思うものなのだろうか。

「ま、店のことはおいといて、若菜ちゃんには今度のイベント、滑って欲しいんだよね。東雲さんとか、なんか怖いくらいテンション上がっているし」

「ああ……うん」

先日若菜も、東雲と初めて顔を合わせた。もはや選手ではないのに、東雲は目を潤ませて若菜に握手を求めてきた。

若菜の演技を待ってくれている人がいたのだと、そのとき実感した。

「私、頑張ろうかな」

そう言うと、晴彦は嬉しそうにうなずいた。


珠希が着替えに使っている一室に顔を覗かせた。

「若菜ちゃん、今日は寒いよー。さっきまで雪がチラついていたけど大丈夫？」

「平気。もともと寒い場所の競技だし」

「それもそうね。準備はどう？」

「髪の毛の飾りをつけるのと、メイクがちょっと」

試合のときはメイクを濃くする。テレビの映像と違って、審査員も観客も、若菜とは距離がある。はっきりと顔を強調させるためにも、かなり濃いと感じるくらいメイクをする。

アイラインを引いていると、珠希が「お客さん、もう結構集まっているよ」と言った。

「まだ一時間もあるのに？」

「うん。東雲さんの知り合いのスケートファンの人？　みたい。あの人たち熱いね。なんでも、今日のために飛行機に乗って来たって人がいるらしいんだけど」

「えー、そんなに楽しみにされても困るんだけどなあ」

「あ、ごめん。変にプレッシャーかけちゃったかな」

珠希が物凄い慌てっぷりで、いやいや、そんなでもない。もしかしたら、ご当地アイドルの追っかけかも、と早口で言った。

その様子を見たら、逆に落ち着いた。

「ありがと、珠希さん。大丈夫だから」

「そ、そう？　なんかよくわからないけど、私に手伝えることがあったら言って。たぶん、ほとんど役に立たないけど」

「そんなこと……」

確かに珠希は、特殊な技能を持たない人かもしれない。だけど、誰とでもうまく付き合えて、人の間に入って意見を交わせる人は、一つの能力に特化した人よりも、最強なんじゃないかと若菜は思う。

それに珠希は仕事が終わると、毎日のように『すずめ』に顔を出していたらしい。土日は午前中から、準備を手伝っていた。

昔はオリンピックのメダリストに憧れたけれど、今は珠希みたいな大人に憧れる。

「プログラム、本当にこれで良かったのかな？」

「どういうこと？」

「もっと幸せなラストにすれば良かったんじゃないかって……『シンデレラ』とか？」

「シンデレラが本当に幸せだったのかなんて、誰にもわからないじゃない」

「えー、だって王子様と結婚して終わったし」

「物語は続くのよ。シンデレラは結婚後、王子に浮気癖（うわきぐせ）があることを知るかもしれないし、生活スタイルが違って、王宮の生活に慣れないかもしれない。なにが幸せで、何が不幸かなんて、見る人の解釈によって違うと思うけど」

「んー……でも『ロミオとジュリエット』を、幸せな感じに解釈するのって難しくないかな」

「だからそこは、逆に考えるのよ。相手の嫌な部分を見ずに終わったんだから、ある意味ハッピーかも、とか。中年になってデブでハゲのオッサンになるかもしれないわけだし――まあ、これはかなり極端な解釈だとは思うけど」

そういえば、明也も似たようなことを言っていた。真逆なように見えて、この二人はどこか似ているのかもしれない。

「ねえ、珠希さん。明也さんって昔何があったの？」

「――え？」

メイクボックスを整理していた珠希が手を止めた。

「亮我君に訊いたけど、教えてくれないから」

「……どうして私に？」

「何となく。二人、仲良さそうだったから。大人だから、珠希さんには何か相談しているような気がして」

珠希はゆっくりと目を伏せた。

「若菜ちゃんからはそう見えるのかなあ。でも私たち、昔からの知り合いってわけでもないし、特別なことは何も話してないよ。近くに住んでいるから、多少耳に入ってくることはあったけど、彼から直接聞いたわけじゃないから」

「そうなの？」

「うん。それに、飲んでいるときも、話しているのはほぼ私だけ。彼は……そうね。近くにいても、ここにいないみたいな感じかな」

「何それ。抽象（ちゅうしょう）的過ぎてわからないんだけど」

そうだね、と珠希は少し寂しそうにつぶやいた。

「見えているところは一部で、隠れたところが多い人なのよね。口は悪いし、高圧的な態度をとることもあるんだけど……」

「ひっど。全然褒めてないし」

若菜は告（つ）げ口しちゃおうかなーと、珠希をからかう。

「でもそれだけじゃないんでしょ？　だって、ただ口が悪いだけの人じゃないもの。私のためにリンクまで用意しちゃうんだよ？」

「若菜ちゃんは、気づいていたんだ」

「そりゃね。最初『すずめの学校』へ連れていかれたとき、すっごく嫌だったんだよね。ああもう、放っておいて。私のことなんか、構わないでって。でもみんな、あそこにいる人たち、わかりやすいくらいおせっかいなの。しかも本気で私のことを心配してくれて。その中で、明也さんだけは意地悪だった」

珠希も、そうだね、とうなずいた。

「ただ、自分でもどこかでケリをつけなきゃって思っていたときに、滑ろって言うでしょ。しかも思い出のプログラムを。手のひらの上で転がされるのは悔しいなって思う気持ちもあったけど、海外旅行へ行けるくらいのお金をかけてリンクを用意するって言われたら、やるしかないよね」

「そうなのよね。本人がどこまで自覚しているかわからないけど、意外と人のことを見ているのよ。今回の若菜ちゃんのことも、佑都君のことも、もちろんお祖母ちゃんのことも。あと、亮我君や晴彦君のこともかな。みんなのことを……ちゃんとみんなのことを見て、先に進めるように、必要なことに手を貸している」

その表情が、店の経営のときの話をした晴彦とどこか似ているような気がした。

大人たちは結構面倒くさい。明也に対して言いたいことがありそうなのに、なぜかそれを押し殺している。

少なくとも珠希は明也のことを気にしている。でも積極的に動かない。それはもしかして、明也の過去と関係しているのだろうか。

とはいえ、若菜には結局、明也が十三歳のときになにがあったのかはわからない。ただ、彼も何かにとらわれているようなことだけは感じる。

明也のことも珠希のこともわからないけど、若菜は、せめて自分のことだけでも、動かしたいと思った。

5

小さなリンクの中央でポーズを決めると、静かにピアノの音色が流れる。若菜はその場で円を描いた。出だしは左足を軸にして、右足を伸ばしたT字形のキャメルスピン。ゆっくりとした回転にもかかわらず、わあーっという歓声と拍手が起こる。

その音をどこか遠くに感じながら、若菜は音楽の中に入っていく。

氷の上で練習をしたのは二週間ほど。それもコーチに長い時間は許されなかった。でも、久しぶりのスケートはやっぱり楽しかった。心の底から楽しいと、若菜は感じた。

スケートに出会わなければ、良かったのだろうか。そうすれば、悩むことも苦しむこともなかったのだろうか。

そう思うこともあった。

でも若菜は出会ってしまった。氷の上を滑る楽しさを、跳ぶ嬉しさを、回る喜びを知ってしまった。今さら、知らなかったことにはできない。

『一途だとは思うが、幼かったとも言えるんじゃないか？　この曲を滑った若菜も十三歳だったが、ジュリエットも十三歳だ。もっと冷静になっていれば、違う未来はあった。ま、冷静だったらあの物語は成立しないともいえるか』

『ロミオとジュリエット』の原作者であるシェイクスピアが、明也のセリフを聞いたら怒りそうだ。でも幼かったからこそ、自分の気持ちに正直に突き進んだのかもしれない。未来がどうかなんて考えずに、ただただそのときの気持ちに正直に。

十三歳のころの若菜は過去なんて少しも振り返らず、見ていたのは現在だけだった。

若菜が音楽に合わせてステップを刻むと、手拍子が沸き起こる。

――これって、そんな音楽だった？

若菜の気持ちが物語の世界から飛び出していく。悲恋の話なのに、口元が自然とほころんだ。

エッジを、イン、アウト、に倒して、若菜は天に向かって手を伸ばす。

もう若菜は、氷の上でロミオを求めることはない。どんなに求めても、手の届かないものもあるから。

この先、どうすれば良いのだろう。スケート以外のことで何か見つけられるのだろうか。

つかみ取るのは愛しきロミオではなく自分の未来。

若菜は右足を後ろに高く上げて、上体を前に倒す。左足でリンクの端を一周する、スパイラルを行う。

歓声はさらに大きくなる。

たった三分半。だけど、若菜にとっては四年間止まっていた時計が動き出す。

ここは氷の上じゃないし、昔みたいには跳べない。それはやっぱり悲しいし、悔しい。

でも、一歩飛び出してしまえば、違う世界がある。

こんな景色は、昔は見たことがなかった。見ることができなかった。

だからこの先、どこへ進んでどこへ行けば、どんな景色があるのか、見てみたいと思う。

若菜は両手を上にあげて、両足でスピンを行う。

基本のスピン。技術的には難しくはない。だけど回転速度を上げやすく、ショーでは盛り上がる。軸がぶれずに一点で回りきる高速回転に、音楽の終了とともに拍手が起こった。


イベントが終わったあとから、若菜は学校に通い始めた。

もちろんまだ学習面は遅れている。進級するためにも、放課後は毎日『すずめ』に来て勉強を見てもらっていた。そのかいあって、低空飛行ながらも三年生になれそうなところまできていた。

最近は勉強も少しは面白い。若菜にとって、スケートの代わりにはならないが、これまで欠けていた部分を埋めていく感じがして、嫌いではなくなっていた。

以前はスケートのために大学に籍を置くのだろうと考えていた。でも今は、違うことを考えている。

それがどうなるかわからないけれど、若菜は今、ワクワクしていた。

「こんにちはー。今日はちょっと暖かいよー」

若菜が『すずめ』のドアを開けると、店内はしん、としていた。

いつもなら「いらっしゃい」と晴彦や佑都が言ってくれる。亮我やハツネも若菜を待っていてくれる。

だけどこの日は、みんないたのに、誰も若菜の方を見ようともしなかった。

いや、みんなではない。

一人だけいない。カウンターの定位置で、いつもパソコンを使っていた明也の姿がなかった。

第五話

「春隣」

鈴村明也
村瀬晴彦　二十七歳

1

鳥のさえずりに誘われて、明也（めいや）は目を覚（さ）ました。

「静かだな」

誰もいない部屋の中に、明也の声が響く。

目を閉じると「おーい明也」と呼ぶ晴彦（はるひこ）。「明也さん、ちょっとよろしいかしら」と伺（うかが）いを立てるハツネ。「あのさ」とぶっきらぼうを装（よそお）っている亮我（りょうが）。「あー、もうわかんない」と叫ぶ若菜（わかな）。「どうですか？」とトレーを持って近づいてくる佑都（ゆうと）。

そういえば佑都はよく、明也に食べさせようとしていた。晴彦もそうだ。

一人暮らしをしている明也の食事は適当になってしまう。昼に行けば食事を出され、帰るころになると、弁当を渡された。無理に持たせようとする晴彦の様子を見ていたハツネは「あらあら、夫婦みたいね」などと、笑っていた。

カーテンを開けると、窓の外は一面銀世界だ。

三月になったというのに、新潟でも山に近いこの地域では、まだ雪の予報が続いている。もっとも今は降っていない。しばらくは小康（しょうこう）状態を保っていそうだ。

明也はコートのポケットに、財布と部屋の鍵を入れる。同じ場所に置いていたスマホが目に入った。

「……いらないか」

五日前から電源はずっと落としてある。きっと、着信もメッセージも、晴彦から読み切れないほど入っているだろう。

外へ出ると、雪と太陽の日差しで、冬と春の混じり合った匂いがした。とはいえ冬はまだ過ぎていない。足首まであるブーツでも、意識して歩かないと、中に雪が入ってくる。明也は、極力除雪されている場所を選び、足を運んだ。

初めて訪れるこの場所は、想像以上に雪が積もっていた。ここを選んだことに、大きな理由はない。馴染(なじ)みのある地名と、長期滞在に適したホテルがあったというだけだ。

黙って出てきたことは、悪いと思っている。だが、晴彦は理由を察しているはずだ。

『すずめの学校』は、明也にとって長い時間を過ごしたように感じたが、まだ季節を一巡するところまではいっていない。

正確には十か月と少し。晴彦が突然「フリースクールを開く」と言い出さなければ、この十か月の間、明也はそれまでと変わらず、一人でいたのだろう。

それは明也にとって不思議なことではない。むしろそれが当たり前だった。

でも気がつけば、この十か月が明也にとって日常になっていた。

「ずっと一人だったのにな……」

十三歳のとき、あの事件を起こしてからは。

中学に入学した当初、明也は少なからず期待に胸を膨らませていた。

有名校の進学率では全国的に名が知られていて、地域でも偏差値が高いと認識される学校は、当然学力レベルが高い。

小学校まで、教師すら明也を持て余し、楽しかった記憶などほとんどない学校生活も、ようやく終わるのだろうと思っていた。

実際、授業の進度は上がったし、小学校に比べればまわりも、よく勉強していた。だが明也は、ここでも浮いた存在だった。やはり一を聞けば十を理解し、授業が退屈に思えた。

――こんなものかな。

そう思うのに、一年もかからなかった。

あとになって考えると、明也もまだ幼かったのだと思う。教科書の世界、生徒同士の世界、教師との世界。それ以外にもあったはずなのに、他を見ようとはしなかった。

中学二年生のクラス替えで、明也は学年でも問題の多い生徒のクラスに入れられた。相変わらず成績は上位をキープしていたものの、扱いづらい生徒と思われていたのだろう。もしくは、他の生徒をかき乱す存在、とされたのかもしれない。

もっとも、明也にとってはあまり大きな変化ではなかった。ただ、そのとき同じクラスになった二人は、それまでよりも少し刺激的だった。

どうやったら、大人を出し抜けるか。

明也は積極的に加わらなかったが、二人の話に「穴」が見つかると、それを指摘していた。

ある日、二人のうちのどちらかが言いだした。

『ちょっと、大人たちを驚かせようぜ』

目に見えた犯罪なんてカッコ悪い。

誰かを傷つけてはだめだ。

弱い者には攻撃しない。

そんな理由をつけることで、自分たちを正当化していた。大人たちとは違うのだと、思い込んでいた。

コンピューターで何かできるんじゃないか？

提案した一人が明也に話を振った。あとから思うと、最初から明也にやらせるために、そう言いだしたのかもしれない。そして、そのときちょうど、独学でプログラミングを学び、試したくなっていた明也もその話に乗ってしまった。

腕試しだ。大人たちを慌てふためかせたい。ちょっとした、冗談みたいなものだ。

同級生たちは、教師の鼻を明かしたいと思っていたようだったが、明也は違った。父親の表情が変わったところが見たかったのだ。

明也の母親は、小学校五年生のときに病気で亡くなった。

そして二年前、明也が二十五歳のときに病死した父親は、もともと子どもに興味のない人だった。いや、人間に興味の薄い人だったと思う。生前、母親に父親のどこが良くて結婚したのかと訊いたが、曖昧にはぐらかされて終わった。そもそも見合い結婚だ。条件ありきの婚姻だったのかもしれない。

父親との一番強烈な記憶は、母親が他界した直後のことだ。

母親を介してのコミュニケーションしかしていなかった父親は、近くにいる他人のような存在だった。どう接すれば良いのか、明也なりに悩んだ。母親の葬儀が終わり、学校へ通いだして三日目。明也はテストで、七十点という点数をとってしまった。テストの内容がわからなかったというよりも、テスト中にぼんやりとして、いつの間にか答案用紙を回収されていた。最後の三問は手付かずの状態での採点だった。

普段明也の学校のことなど興味もない父親が、たまたまその日、そのテストを見てしまった。そして「無駄な時間を使ったな」と言った。

テストに対してのことなのか、明也を育てたことに対してなのか、正直わからなかった。

わからないまま時間が過ぎていき、思春期を迎えた明也は、その状態が続くことに、漠然とではあったが不安を感じていた。そんな不安や不満を行動に移してしまったのかもしれない。

ターゲットは高等部のホストサーバー。中等部とは建物が異なり、管理が別になっていたため、攻撃対象に定めた。高等部で保管されている生徒個人の名前はわからないようにして、成績データを抽出し、それを学校のホームページにリンク先を貼った。

大人たちを慌てさせるには、それで十分だった。

だが話はそこで終わらない。学校は警察に被害届を提出し、明也の想像以上に早く、犯人を特定した。事情聴取をされ、学校中が騒ぎになり、そこで明也は、キーボードの上で指を動かしていただけ、ではなかったことに気がついた。

十三歳ということで、刑事罰の対象にはならなかったが、犯行を企（くわだ）てたメンバーは全員、退学処分になった。

退学後、晴彦が通っていた地元の中学校に転入する話はあったが、明也はもう、外へ出ようとは思わなかった。出たところでろくでもないことをしてしまう自分に、嫌気がさしていた。それでも義務教育ということで、どこかに籍を置かなければならず、今滞在しているホテルの近くにある中学校に名前だけ転入した。そこは父親の知り合いがいたらしく、いつの間にか話がついていた。

だから明也は一度も、この場所を訪れることがなかった。

母親の死後、ほとんど会話のなかった父子は、事件のあとはまったく話さなくなった。そもそも、昼夜逆転の生活を送っていた明也と父親は、生活時間帯が真逆だった。四、五年はそんな生活をしていたが、転機は突然やって来た。それは晴彦によってもたらされた。

身体は成長していたが、顔立ちは時間分の成長を加えた程度にしか変わっていない。ただ小学校の卒業以来、連絡を一度も取ったことさえなかった晴彦が、家までやって来たことには、さすがの明也も驚いた。

「あのさ、外に出たらどうだ？」

「いきなりだな」

「言いたいことがあったから」

何かの折に、明也が事件を起こして、学校をやめたという話を聞いていたのだろう。そしてふと、問題を起こして引きこもっている昔の同級生がいたな、と思い出したに違いない。晴彦が昔のままの晴彦であるなら、そんな単純な行動に走っても、何ら驚きはしなかった。

ただ明也はイラッとした。晴彦に悪気がないにしても、放っておいてくれと思った。

「お前に関係ない」

「ひでー。寂(さび)しいこと言うなよ。オレと明也の仲じゃん」

小学校でも、特に一緒にいたわけではない。中学、高校の間は一度も会わなかった。そんな仲とは、どんな仲なのか。

難解な問題でも解(と)ける明也にもわからなかった。

「オレ、小学校からバカだったじゃん」

自信満々にバカだと言い放つ晴彦にかける言葉がない。明也が黙っていると、晴彦は勝手に話し始めた。

「明也がオレに勉強を教えてくれただろ。それで助かっていたんだ。だけど、中学、高校はそういう存在がいなかったから、すっげー困ってさ。それでよく明也のことを思い出していたわけ。ああ、ここに明也がいたら良いなあって」

違う学校に行って良かった、と思った明也だが、反応を想像すると面倒で黙っておいた。

「オレ高校卒業できそうなんだよ」

どれほど嬉しいかは、目がなくなるほどの笑顔を見れば、一目瞭然(いちもくりょうぜん)だった。

「……良かったな」

「そう。でさ、ここを離れることになったんだ」

「そうか」

「そうかって、何、それだけ？　オレたち、そんなだったっけ？」

こいつには、六年の空白期間は関係ないのだろうか。

明也には晴彦の考えがさっぱりわからない。わからないけれど、その態度はどこまでも透(す)き通っていて裏があるようには見えなかった。

暇だったからか、ただの気まぐれか。何となく明也は「……あがるか？」と言っていた。

「うん！」

このとき明也は初めて、自宅に人を招き入れた。会話と言えるほどの会話はしなかった。九割五分は晴彦が話していた。

それでも、この時間が楽しくなかったわけではなかった。

帰り際、晴彦が「また来るから」と、具体的な日時を指定せずにそう言った。でもこれも、嘘ではないのだろうと思っていたし、実際、それから数日後にまたやって来た。

それから晴彦が、就職でこの場所を離れるまで、明也の家へ来た。そして引っ越しの前日、晴彦は言った。

「明也。頭いいんだから、もっといろんな人と接した方が良いよ。会って話すのが面倒なら、パソコンとか使えばいいんだし。きっとさ、一人で学べることには限界があると思うんだ。このオレが言うんだから間違いないって」

明也は思わず噴き出した。

それは意味が違うと思ったからだ。ただ、正しいとも思えた。

少なくとも晴彦が明也の家へ来た日から、明也は物の見方に対して違う発見を知った。些細なことだ。食に対する考えや、学校に対する思い、この場所を思う気持ちや、将来への希望。

晴彦の口から語られる言葉に嘘は感じなかったから、話を聞くのが楽しかった。

晴彦が板前修業のために引っ越したあと、明也はインターネットで学べる、アメリカの大学に入学した。

飛び級をしたため、大学院の卒業までにかかった歳月は四年程度だった。その間、現地にも行き、インターネットを利用してできる仕事をいくつか見つけた。

父親は明也が大学に入ったころから、職場の近くにワンルームマンションを借り、生活の拠点を移した。もっとも、手狭なマンションに物が入りきらず、季節ごとに服を取り換え、必要な本があれば、取りに戻ってきていた。

そんなときは顔を合わせることもあったが、お互い話しかけることはしなかった。だから明也が大学を卒業したことも知らないはずだ。

父親は病気で急逝したため、もう一生話せない。伝えておけば良かったかな、とわずかながらではあるが、思わなくはなかった。

簡単な葬儀を済ませ、日常生活で明也が会うのは、本当に晴彦だけになった。年齢を重ねても、勉強をしても、明也は晴彦のように人と接するのは難しかったが、この生活に不満はなかった。

転機が訪れたのは、今から十一か月前。

そして晴彦からフリースクールを開設したいと持ち掛けられたのがその数日後。

目まぐるしく変わる毎日は、明也が初めて見る世界だった。

晴彦と上手くいっていない亮我は、学校でも浮いていた。大人をバカにしたような態度をとって、構われるのを嫌がるわりには、話しかけると応える。昔の自分と少し似たところがあると思ったから、放ってはおけなかった。

年齢のせいもあるのか、ハツネは最初から明也に対して、距離を置くようなことはなかった。明也からすると、ハツネはまっとうな人生を歩んできた人。そして自らの意思で動く人。明也とは真逆の時間を歩んできたハツネに、教えられることなどあるのかと思った。もちろん、学習面を教えることはたやすい。ただ、ハツネに必要なのはそれではなかった。最終的にどうなるかは、明也も不安だったが、ハツネは明也の思惑以上に、自分で進むべき場所を選び取った。

佑都に必要なのは、勉強ではないことは明らかだった。若菜もそうだ。二人にできることは。必要なものは。

勉強はあくまで、その補足に過ぎない。それは明也にとって手を出しづらいものだった。佑都の場合は、タイミングよく力を発揮する場に巡り合えたし、若菜の場合は、その場を用意すれば良かった。ただ、亮我やハツネのとき以上に、二人がどう動くか、明也も読めなかった。

佑都も若菜も、明也が想像していたよりも明確に、自分の進むべき道を見つけた。力を発揮できそうな場面があっても、どうなるかなんて誰にもわからない。無理だと思えば、諦めてしまえば、結果的に何も変わらないことになる。

だから心のどこかで、ダメでもともとという気持ちもあった。

でも違った。進みたいと願った四人は、ちゃんと自分の道を見つけた。

そんな四人と上手い具合に距離を取りながら、すぐに慣れた珠希は不思議な存在だった。

珠希は、ある意味普通の人だ。だが、普通でいることがどれだけ大変かは、明也が一番知っている。明也にはできない。亮我や佑都、若菜も、珠希と同じ道を進むのは難しいだろう。

自分がなれない人。

最初からそう思っていたせいか、彼女の言動に興味を抱いた。いや、憧れに近いものがあったのかもしれない。自分に対しても、物おじせずズカズカ近づいてきたときは、晴彦とはまた違った意味でペースを崩された。

　そして晴彦。

　店の経営も安定している。明也が立て替えた借金までは、返しきれていないが、もともと返してもらうつもりのない金だ。信念を持ちつつ、経営を安定させられるなら、それで良いと明也は思っている。

　空を見上げる。さっきまで青空が見えていたが、速い動きの雲は、空を埋め尽(つ)くしていた。

　もうすぐ雪が降りだすだろう。冷たい空気が肌を突き刺し、目を閉じたら、消えてなくなれそうだ。

「もう、俺の役目は終わっただろ」

　明也が空に向かってつぶやくと、その言葉が雲に溶けた。

『すずめ』には亮我、ハツネ、佑都、若菜、そして珠希が集まっていた。

　開店時間を過ぎているが、看板の明かりはつかない。何名かの常連客が顔を覗(のぞ)かせたが、晴彦が臨時休業を伝えると、残念そうにしながらも、みな店をあとにした。

「病気とわかったのは、フリースクールを始める直前のことだったんだ」

　亮我が晴彦に突っかかる。

「どうして、僕たちには教えてくれなかったの？」

その場にいた全員が、同意するようにうなずいた。

「それが明也の希望だったから」

本人の希望と言われて、亮我は一瞬ひるんだ様子だったが、負けてはいなかった。

「だからって、内緒にしないでよ。ここは、明也さんあっての学校だよね？　だから『すずめ』って名前にしたんでしょ？」

「え、いや……。亮我、突然何を言い出し……」

「ここまできて隠さなくていいよ。晴彦が明也さんのことを思って『すずめの学校』にしたってことくらい、僕はとっくに気づいていたんだから」

「き、気づくって……何が？」

「だからとぼけなくていいよ。すずめの雛（ひな）を助けられなかったから、『居酒屋すずめ』にしたなんて、嘘でしょ」

ハツネが「すずめの雛？」と小首をかしげた。

口を開けば突っ込まれそうだと思えば、晴彦は黙るしかない。だがそうしている間に、亮我が開校前に晴彦が話した、店名の由来を教える。

聞き終えたハツネが苦笑いをしていた。

「すずめの雛……ね」

「無理があり過ぎると思いません？」

「そうねえ。まあ、晴彦さんらしいと言えばらしいけど」

どうやらハツネも気づいていたらしい。

亮我の視線が痛い。いや、亮我だけでなく、ハツネも珠希も佑都も晴彦のことを見ている。みんな黙っていたが、とっくに知っていたらしい。

だが、ここに来てから日の浅い若菜だけは「どういうこと？」と、疑問を口にした。

亮我がそれに答えた。

「再オープンのとき、店名を『すずめ』にした理由。晴彦から聞いたのは今話した通りだけど、どう考えてもそれ、しっくりこなかったんだ。雛を助けられなかったから、なんて嘘くさいでしょ。だから、どうしてそんな名前をつけたんだろうってずっと考えていたんだ。誤魔化(ごまか)すくらいだから、もしかしたら初恋の人の名前かなとか、最初は思ったり」

「そ、そんなわけないだろ！　そんなことしたら、望(のぞみ)に悪い」

「うん、だと思った。それは、普段の二人を見ていて感じたことなんだけど、晴彦はそんなことしないだろうなあって。だからますますわからなくなったんだ。で、しばらく考えて、すずめって別に鳥の名前でも、そのまま人の名前でもないんだなって気づいたんだ」

「そのまま人の名前でもないって、誰かのあだ名とか？」

「あだ名……というか、もっと単純に考えればいいんだ。ここは誰の学校？　校長先生は誰？」

「明也さんでしょ？」

「フルネームは？」

亮我の問いに、若菜が「わからない」と首を横に振った。

「鈴村明也（スズムラメイヤ）だよ」

「スズムラメ……嘘でしょ？」

若菜の視線も晴彦に向く。

晴彦はいたたまれなかった。考えに考えた店名だ。名前に込めた思いは、わざわざ口にするつもりはなかった。

だが知らぬは自分ばかり。とっくにバレていたとなれば、開き直るしかなかった。

「そうだよ。それが悪いか！　でも借金を肩代わりしてもらったからじゃないからな！」

これだけは誤解されたくなかった。

店にとって明也は救世主だったし、恩も感じている。だが、そんな気持ちで店の名前を考えたわけではない。

亮我が「そんなこと、知ってるよ」と、朝起きたらおはよう、と言うくらい、当たり前のことのように言った。

「晴彦はバカだ。だから、そんなに深くは考えられない」

「あのなあ」

「というようなことを、明也さんが言ってた。僕もそう思う」

ひどくバカにされているのだが、晴彦は不思議とムカつかない。それどころか、褒（ほ）められているような気さえする。

「フリースクールは、僕のことがあって言い出したのかもしれないけど、そもそも明也さんに学校へ行って欲しかったんでしょ？　だからずっと、何かできないかって考えていたんじゃない？　だから学校名に明也さんの名前が入るようにしたんじゃない？　内緒にしたくて、変な嘘をついたんだろうけど」

図星を指されて、晴彦は言葉に詰まった。ただ、病気のことを教えた以上、肝心なことを伝えなければならない。

もちろん明也には口止めをされているが、そんなことは今さらだ。

「これはオレも確認してないけど、病気にならなければ、明也は学校に関わることはなかったと思うんだ」

「しぶしぶって感じだったよね」

「まあな」

最初のころの明也を思い出すと、苦笑いしかない。

だけど明也も徐々に変わっていった。亮我に勉強を教えるだけでなく、ハツネの英語嫌いを克服させ、佑都にはパティシエの道への後押しをした。若菜には、再スタートのチャンスとして、小さいながらもリンクまで用意した。

人と距離を取り続けていた明也が、たった十か月やそこらで、一番変化していたのかもしれない。

それだからこそ、晴彦はこのままにはしたくなかった。

うつむいていた珠希が「あれ？」と小さく声を漏らした。

ハツネが珠希の顔を覗き込む。

「どうかした？」

「ん……明也さんが引きこもっていたことは私も何となく知っていたし、病気になって学校に関わろうとしたのはわかったけど、普通逆じゃない？」

「何が？」

「病気になったら、普通は休むんじゃない？　病気になって外に出るっておかしくない？」

晴彦もそれは当然の発想だと思う。

だから一番大切なことを、みんなに伝える。

「放っておいたら明也の命は……。前から手術しろって言われているのに、本人が拒否しているんだ。最近は動くだけで辛そうだったし、今だって……」

珠希が青ざめる。

「どういうこと？」

対照的に、亮我は顔を真っ赤にして詰め寄ってきた。

「それって死ぬってこと？　晴彦は、そんな状態の人に僕の勉強を見させてたの？　死んでもいいと思っていたってこと？」

「そんなわけねーだろ！　病院へ引っ張っていったし、手術しないと言い張るから、せめて病気が進行しないように、薬だけでもって説得したよ。メシだって食わせていた。だいたい、明也を一人にしておいたらどうなるか、わかるか？　アイツがずっと引きこもっていたときの顔、みんな知らないだろ！」

明也のところへ行ったのは、本当にたまたまだった。ラーメン屋で流れていたテレビで、高校生がハッキングをして、逮捕されたというニュースを見たからだ。

数か月後には、高校を卒業して、晴彦は料理の修業のために、生まれ育った土地を離れる。不安もあったけれど、希望もあって、そんなときニュースを見て、明也に会いたくなった。

小学生のころ、宿題ができなくて、何度も助けてもらった。

ある日の放課後、宿題が未提出でいつものように残された晴彦は、明也に愚痴（ぐち）を言った。

「勉強なんて必要ないのに。割り算とか小数点とか、買い物で使わないしさ」

「使うだろ」

「使わないよ。レジがある」

「でも、購入した物を分けるときや、細かい数字まで出す必要がないとはいえない。そのとき、割り算ができなければ、小数点の使い方がわからなければ、困ると思う」

「えー……でもさ」

そうかもしれない、と思っても、勉強をしたくない晴彦は、無駄な抵抗をする。

そんな言い合いに意味がないと思っているのか、明也はただ一言「できないより、できた方が良い」と言って、話を終わらせた。

それはずっと、晴彦の心の中に残っていた言葉だ。

残念ながら、中学でも高校でも、晴彦にとって、勉強はあまり役に立たなかったが、それでもギリギリ進級できたのは、その言葉があったからかもしれない。

だから晴彦にとっての明也は、小学校で途切れた思い出ではなく、連続した記憶だ。そんな明也を数年ぶりに見た晴彦は驚いた。

身長は高くなり、だけどかなり痩（や）せていて、青白い顔をしていた。無愛想（ぶあいそう）だった小学生のころよりも、さらに表情が無くなっていた。

会わなかった間、晴彦も良いことばかりではなかった。けれど、総じて楽しく過ごしていた。

だけど明也を見た瞬間、晴彦は思った。

良いことも悪いことも、明也には何もなかったのだと。

「あいつは病気になるよりも前から、ずっと生きてなんかいなかった。いつ死んでも良いって顔をして、ただ時間を過ごしていたんだ。そんなの、一人にしておけないだろ！」

晴彦ができることは限られている。金もない。人脈もない。力もない。

できたのはおせっかいだけで、むしろ迷惑をかけていることくらいはわかっていた。わかっていたけれど、何もしないでいるのは嫌だった。

「だったら、今彼を一人にしておいていいの？」

珠希の発言は、どうしてそれまで忘れていたかと思うくらい、みんなの中で抜け落ちていた。だが聞いた瞬間、誰も異論を唱えない。むしろ一斉に賛成の声があがった。

「そうだよ」

亮我は今にも店を飛び出さんばかりの勢いだ。

「みんなで連れ戻そう。今、どこにいる？」

晴彦は悔しそうに下唇を噛む。

「……知らない」

「知らないって、なんで？」

「携帯の電源を切っている。メッセージを送っても読んだ形跡はないし、電話をいくらかけてもつながらない。留守番電話に用件を残してもかかってこない」

「家は？」

「いない！　オレ、病気のこと知っていたし、明也は一人暮らしだから、万が一を思って合鍵を……無理やり預かっていたからそれで入ってみたんだ。中で倒れていたらまずいと思って。でも違った。家の中の様子を見ると、戸締まりもされていたし、自分の意思で出て行った感じだった」

若菜がよろめいてイスにぶつかる。そばにいた佑都が、手を差し出した。

「じゃあ、いったい明也さんはどこへ？」

「わからない」

「わからないなら探さなきゃ。彼を、一人にしちゃだめ」

　珠希の必死な様子を見て、晴彦は少し嬉しくなった。

　少なくとも自分以外にも明也の味方がいる。そしてそれは、珠希だけでなく、その場にいた他のみんなも同様だった。

2

　病院へ電話をして、明也の病状を詳しく聞こうとしたが、個人情報だからと教えてもらえなかった。

　時間が遅くなるため、ハツネと若菜は自宅へ帰ったが、それ以外の面々で、病院へ押しかける。亮我も帰そうとしたが、頑として聞かなかった。もっとも保護者である晴彦がいるから問題はない。

　だが病院での成果らしきものといえば、入院していないことを知ったくらいだった。

「入院していないなら、どこへ行ったのかしら？　きっと明也さんにだって、行きたい場所や縁のある場所があるはずよね。それを探せない？」

　珠希の発言がスタートの合図のように、今度は明也の自宅へ向かった。

　明也の家は木造二階建てで、昔ながらの和風建築だ。趣があるといえば聞こえはいいが、瓦も外壁も、塗装が剝げていて古めかしい。しかも門はさびていて、玄関までのアプローチは雑草だらけだ。

晴彦が鍵を開け、お邪魔しますと言って、ぞろぞろと中へ入る。

玄関からすぐに居間があった。そこから台所へ続いている。昔のドラマで見るような、時代を感じさせる造りだ。

三日前、晴彦が来たときと、何も変わっていない。テレビやタンス、食器棚に布がかけられている。

「前に来たとき……明也が住んでいたときは、結構ゴチャゴチャしていたんだ。明也は意外と、整理整頓苦手だから」

亮我が布がかけられたタンスの引き出しを開けている。

「いつの話？」

「夏……より前。平日は毎日のように店で会っていたから、ここには来なくて」

いつから準備をしていたのだろう。

黙って片づけていたのだと思うとやり切れない。

「晴彦。この家を全部見たら、結構時間かかるんじゃない？　かなり部屋がありそう」

「いや、明也がこの家で使っていたのは、風呂やトイレを除くと、寝室にしていた二階の一室と、一階の居間くらいかな。物置や親父さんが使っていた書斎なんかは、ずっと入ることすらしていないみたいだったし、探すところはそんなにない――って、おい、亮我！」

亮我は一人で階段をあがっていた。

「僕は二階の部屋を探す」

「おい、待てって！」

前のめりの亮我は、晴彦が呼んでも止まらない。何をしでかすかわからない様子に、晴彦は慌てて追いかけた。

「悪いけど、珠希先輩と佑都は居間の方を探して」

それだけ言い置いて、晴彦は二階の部屋のドアを片っ端から開けようとしている亮我の肩をつかんだ。

「その辺の部屋は、ずっと鍵がかかってる。こっちだ」

廊下の突き当たりの部屋のドアを開ける。ここは明也が使っていた部屋だ。

「明也は居間もそんなに使っていなくて、たいてい、自分のこの部屋にいたんだ。特に親父さんが生きていたころは」

「どうして？」

「折り合いが悪かったから。明也と同じように頭の良い人だったみたいだけど、やっぱり他人に合わせるのは得意ではなかったみたいでさ」

「そうなんだ……」

亮我は部屋に入った。十畳ほどの板張りだ。もともとは畳が敷かれていたのを、フローリングに改装したらしい。柱や壁を見ると和室の名残がある。

部屋にはベッドと机と空の本棚。机の上にはパソコンが置いてある。テレビもオーディオ機器もない。

クローゼットを開けると、見慣れた洋服が何着もあった。これはどうするつもりだったのだろう。服のことまで気にしなかったのか、それとも、帰ってくるつもりが少しはあるのか、判断がつかなかった。

「明也って、身なりに無頓着（むとんちゃく）なんだ」

ベッド下の引き出しを開けていた亮我が「そうなの？」と言った。そこには何も入っておらず、今度は段ボール箱を開ける。

「結構、オシャレな感じがしたけど」

「全部オレが選んでいたんだ」

「晴彦が？　嘘でしょ」

どこまでも失礼な発言だが、確かに晴彦もオシャレとはいいがたい。普段着はほとんど、全国どこでも買えるファストファッションだ。

「オレも雑誌を参考にしただけだよ。明也の場合、お金はあるから、とりあえず似合いそうなブランドを見つけて、あとは店員さんにコーディネートしてもらって、シーズンごとにまとめて買わせてた。外見は良いから、まともな恰好（かっこう）をすれば、少しは女性が寄ってくるかと思って」

「無駄だったんじゃない？　鉄壁の無愛想は、身なりを整えたくらいじゃ、どうにもならないでしょ」

「それはオレも思った。まあ結局のところ、身なりはどうでも良かったっぽいし」

「ん？」

「いや……」

気になっていることはあるのだが、今はそんなことを考えている場合ではない。とにかく、明也を見つけるのが先だ。

本棚には一冊も本が入っていなかったが、そのそばに、紐（ひも）で括（くく）られた本が積み上げられていた。

背表紙を見ると、外国語で書かれた本が数多くあった。日本語の本も、難しそうなコンピューター関連の物が多く、ほとんどが晴彦にとっては、外国語レベルに意味不明だ。

「亮我、こっちを見てくれないか？」

「ん……」

亮我は返事をするも、応える様子はない。

「何かあったのか？」

晴彦が振り返ると、亮我の視線は一点に集中していた。

「晴彦、これって……」

なぜここに？　と疑問しか浮かばない。

亮我の指の先には今探している人物の、十年以上前の姿があったからだ。

息苦しさで目が覚めた明也は、薬の入った袋に手を伸ばした。残りは一個。これが最後の薬だ。だがそれを飲めば、一時的にせよ楽になると知っている。躊躇なく、水で一気に薬を流し込んだ。

効果が出るまでに時間がかかる。目をつむって違うことを考える。

自然と『すずめ』にいる人たちの顔が浮かんだ。

フリースクールを始める前までは、人のことなんて考えもしなかった。読んだ本のことや、やらなければならない仕事。頭の中にあるのは意思も感情も温度もないものばかりだったのに、今は明也を困らせるし悩ませる人たちのことばかり考えてしまう。

だけど、その人たちのことを思うと、身体の中からジワジワと温かくなっていく。薬の効きが早くなるように感じる。

全身に入れていた力が徐々に抜けていく。明也の視界は徐々に暗くなっていった。

目が覚めると息苦しさは和らいでいた。だが、以前より薬の効きが悪くなっているのか、だるさは消えない。

いつまでもつか。

ホテルには前金で支払いをしてある。基本的に三日に一度清掃を頼んでいるから、たとえベッドの上で息絶えていても、係の人が見つけてくれるだろう。

窓の外を見ると、明るかったはずの空が、すっかり暗くなっている。ベッドサイドに埋め込まれたデジタル時計だけが明るく輝く。二十一時四分を表示していた。

部屋の電気とテレビをつける。

ニュースは半年以上続いている、政治家の汚職疑惑について報道していた。しばらくすると天気予報に変わる。明日の天気を確認してからテレビを消す。特別空腹を感じなかったが、売店へ向かった。

顔見知りのホテルマンが、廊下の反対側から歩いてくる。すり抜けようとしたとき「鈴村様」と呼び止められた。

三十をいくつか過ぎたくらいだろうそのホテルマンは、いつ見ても笑顔を崩さない。明也の顔もすぐに覚えた様子だったが、構わないで欲しい態度を察しているのか、基本的に話しかけてくることはなかった。

そのホテルマンが、ささやくように言った。

「さきほど鈴村様のご滞在を、訊ねるお電話がありました」

明也の表情が変化したのを瞬時に察知したのか、ホテルマンは胸の前で否定するように手を振った。

「ご安心ください。お客様の個人情報を、外部にお教えすることはございません」

「電話をしてきた人の名前は？」

「申し訳ございません。こちらがお伺いしたときには、もう電話をお切りになりまして。フロント係の話ですと、ずいぶんと慌てていた様子だったようです」

「そうですか……」

心当たりは一人しかいない。

まさか日本中のホテルに電話をかけまくっているのではないかと思ったが、晴彦の近くにいる面々を思い浮かべれば、それはないだろう。

どうやってここを知ったのか。

ホテルの予約はパソコンでした。だが閲覧履歴はすべて消去してある。簡単には復元できない。

恐らくどこのホテルでも同じような対応を取っているだろうから、明也の位置を特定することは難しいと思うが、留まるのは危険かもしれない。

「明日の朝、チェックアウトします」

滞在期間はとりあえず三か月。そのすべてを前金で支払っている時点で、怪しいことはわかっていただろう。

明也がそう申し出ることも想定済みだったのか、ホテルマンは表情一つ変えずに「承知いたしました。それでは明朝、ご精算の手続きをさせていただきます」と頭をさげた。

荷物は海外旅行用のスーツケースに詰めてきた。今日中に、荷造りと次の滞在場所を見つけなければならない。

思いのほか、今夜は忙しくなりそうだ。

一階へ下りて、売店へ行く。飲み物と、軽くつまめる食料をいくつか買う。すぐに売店を出て、フロントの脇を通り過ぎたとき――。

「っく……！」

また胸が締め付けられる。息が苦しい。

薬はもう、ほとんど効かないらしい。明也が想像していた以上に、病気は進行しているようだ。

フロントの視線が気になる。騒ぎになっては面倒くさい。それ以上に、救急車でも呼ばれたら厄介だ。

明也は何とかフロントから見えない場所まで歩き、壁に背中を預けた。

ゆっくりと呼吸する。だが息苦しさが消えることはない。

エレベーターに乗ってしまえば、部屋はそれほど遠くない。

壁伝いに歩く。一歩が重い。足に鉛がついているみたいだ。

「晴彦は怒るだろうな」

声に出したつもりだったが、ただ熱い息がこぼれただけだった。

亮我はどう思うだろうか。ハツネは、佑都は、若菜は、そして――。

次々に浮かぶ顔に、やっぱりこのままここで死んでしまうのかもしれない、と思う。

視界が徐々に暗くなる。明也の膝が崩れた。

「明也！」

幻聴がした。

最後の最後に、思い出すのが晴彦の声とは、苦しい中でも明也は笑えてくる。

「明也！」

肩をつかまれる。激しく身体を揺すられる。耳元で、痛いくらい叫ばれた。

「……幻覚？」

「明也――！」

「晴彦、そんなに揺すったらダメだよ」

これが夢でないことは、明也もうわかっていた。夢かあの世だとしたら、現実感がありすぎる。

どうしてここがわかったんだ？

「明也！　明也！」

頬がはたかれる。痛いような熱いような刺激が、明也の頬を突き刺した。

「晴彦君、あまり揺らさない方が良いわ」

「……オマエらうるさい」

薄くまぶたを開けると、晴彦と亮我と珠希が明也を覗き込むように見ていた。

明也の身体に晴彦が腕を回す。上半身を抱きかかえられた。

「大丈夫か？」

「まだ……生きてる」

「アホか！　明也は死なない！」

「そうかな」

そうつぶやいたものの、やっぱりダメかもしれない、と思う。

開いたまぶたが、また閉じていく。

でも最後に、この三人と会えただけでも良かったかもしれない。

息苦しさが消えたわけではない。

だけど、薬を飲んだときよりも、明也は身体の中が温かくなったように感じていた。

3

明也が目を開けると、白い天井が目に入った。腕には点滴の針が刺さっていた。

「起きたか！」

「晴彦、寝ていたわけじゃないと思う」

息苦しさは消えていた。だが今は意識していないと、また目が閉じてしまいそうだった。

「ここは？」

「ホテルから二十分くらいのところの病院。救急車がここへ連れてきた」

「……そうか。で、どうしてここにいる？」

ベッドの右側にいる晴彦はわかる。その隣にいる亮我も晴彦についてきたのだろうと想像できる。

だが、左側にいる珠希がなぜここにいるのかがわからない。

「運転手よ。晴彦君一人より、交代で運転した方が効率良いじゃない」

「車で来たのか……」

「新幹線も考えたけど、降りてから探すのに困るから」

いったいどうやってあの場所がわかったのか。

明也が訊ねる前に亮我が口を開いた。

「明也さんの自宅へ行って、居場所がわかりそうなものがないかと思って探したんだ。そうしたら、中学校の卒業アルバムが出てきたから」

「あれを見たのか」

アルバム自体は、どこの学校でもあるものだろう。最初に校舎の空撮があり、学年全体の写真。そして校長のページのあとに、クラス写真になる。明也は三年二組に在籍していたらしい。明也以外の二組の生徒は校舎を背景に写っていた。その右上の隅に、小さく四角で貼り付けられた顔写真。撮影当日に欠席した生徒に対する処置だ。もっとも明也は、当日どころか一度も通ったことのない学校だ。大人たちの間でどんなやり取りがあったのかはわからないが、写真は以前いた学校に入学したときの物が貼られていた。

晴彦が自分の手柄を自慢するように、少し胸をそらした。

「他に行き先がわかるような場所はなかったから、この辺のホテルに片っ端から電話したけど、どこも明也がいるかどうか教えてくれなくてさ。仕方がないから一軒ずつ見て回ろうかと思ったら、一軒目でビンゴだった」

「野性のカンか」

駅から若干離れたホテルを選んだ。市内に何軒ホテルがあるのかもわからない。それにもかかわらず、一軒目で見つかるとは……。

「オレ、かくれんぼの鬼になったとき、見つけるの得意だったんだよ」

「……だろうな」

想像以上に早く見つけられた。でも心のどこかで、晴彦に見つかるような気もしていた。

左側に目を向ければ、珠希と視線がぶつかった。

「明日も仕事じゃないのか」

「仕事なんて、どうにでもなるわ。明日の朝、職場にインフルエンザになったって電話をすればそれで済むから」

「嘘つき」

「どっちが。私はちょっとの間、お休みをもらうための方便。何も言わずに消えてしまった人に、嘘つきだなんて言われたくない」

嘘をつくのと、黙っていなくなるのと、どちらの罪が重いのだろう。

病室にいる三人の表情を見ると、明也は自分のしたことの方が、重い罪のような気がした。

晴彦が不満そうに言った。

「こんなことするなよ。さっき、ここの先生とも話したけど、落ち着いたら今まで診てもらっていた病院に転院して、一刻も早く手術を受けた方がいいって」

「だろうな」

薬ではどうにもならないことは、明也が一番よく知っている。

正直なところ、誰もいない場所で、ひっそりと死ななくて良かったとは思っている。

だからといって、長生きをしたいわけでもなかった。

「手術は受けない」

「どうして？」

しめし合わせたかのように、三人が同時に言った。

亮我が、唾（つば）がかかりそうなほど近くまで顔を寄せる。

「なんで？　手術が怖い？」

「そうじゃない」

「じゃあ、どうして？　手術すれば、治るんだよ？」

「絶対ではない。それなりに、リスクもある」

「そうかもしれないけど、このままだと死ぬんだよ？」

「そうだな」

「死にたいの？」

ない。

『すずめの学校』は楽しかった。自分の能力が役に立つことに、喜びがなかったわけではない。

佑都のように、生き生きとした姿を見られるのは嬉しい。

若菜のように、変わる瞬間に立ち会えるのも貴重な体験だ。

亮我にしてもハツネにしても、明也が知っていることを教えられるのは楽しい。

だけどそれは、明也じゃなくてもできることだ。

「生きる理由がない」

これが明也の寿命と思えば、人より早いけれど、それで良いのかもしれない、と思っていた。

4

晴彦と珠希の主導で、明也は一週間後には転院していた。

住み慣れた町は、少しも愛着がないと思っていたが、景色や空気が、明也のよく知っているものばかりで、不思議と「帰ってきた」という気持ちになった。

「同意書にはサインしません」

転院は受け入れたが手術は別だ。手術は拒否している。

「明也さんも本当に強情ねえ。私からすれば、生きることに理由なんて必要ないと思うけど。もちろん、死ぬことに理由も必要ないわ。私たちはただ、与えられた時間を、どうやって使うかを考えればいいだけなのよ」

ハツネは戦火を潜り抜け、戦後の混乱を生き抜き、時代が変わってもまだなお、自らの目標に向かって努力している。

それは立派な姿勢だし、明也も頭が下がる。否定するつもりもない。

「死生観なんて、人それぞれです」

そうかしらねえ、とハツネは納得しない様子だが、その会話の間にカバンから本を出していた。

「とりあえず退屈しのぎに、いろいろ持ってきてみたの。明也さんがこれまで読まなかったような本。ファンタジー小説にSF小説」

「あまり興味がないですね。ミステリーは少し読んだことがありますけど、それも……しょせん、作り話じゃないですか」

「そうかもしれないけれど、読んでいる間は、別の人生を生きられるわよ」

「宇宙に行くんですか？」

「病気でも年寄りでも行けるんだから凄いでしょ。あと、ジェイソンから英語の本も借りてきたの」

これは少し、明也も心が惹かれた。

コンピューターや経済学の本は英語でもよく読んでいたが、小説は手にしたことはなかった。

「何ですか？」

明也が本に手を伸ばすと、ハツネがうふふ、と口元に手を当てて笑った。

「恋愛小説」

夕方になると、ハツネと入れ替わるように、若菜と佑都が姿を現した。

「こんにちはー」

「お邪魔します」

二人は病室の前で会ったという。

見舞客は来るたびに荷物を抱えてくる。そのおかげか、殺風景だった病室も、今では物が増えていた。

「期末テストはどうだった？」

若菜がふくれっ面になった。

「もう、なんでこんなときまで、そんなこと気にするかなあ」

「それ以外は、ほとんど気がかりはない」

「じゃあ私が留年したら、手術受ける？」

「どうしてそうなる？」

「だって、勉強見なきゃって思うでしょ。そうしたら、長生きしなきゃって、考えになららない？」

「治ったとしても、アホは見ない」

「えー、ひっどーい」

若菜は笑っていたが、少し寂しそうだった。

「テストは超ギリギリだけどオッケーだった。あとは、出席日数が足りない分を、春休みに補習してくれるって。担任の先生が偉い先生相手に、頑張ってくれたみたい」

「良かったな」

「うん……。一時期、スケートも学校も全部ダメだって思って、何もかも嫌になったけど、今はちょっと、いろいろやってみたいって思っている。でね、コレ」

ドン！　と、ベッドの脇のテーブルに、若菜がＤＶＤを置いた。一、二、三……全部で十枚以上ある。

「今日は一般受けする演技を持ってきたから。えーとこれは、二〇一二年の世界選手権。栩木充留（とちぎみつる）選手のフリースケーティング。これはもう、神だから。神！　しかも、ロミジュリ。特に転倒後のアクセル、トゥのコンボと演技終盤のコレオがもう、泣けてくるの。確かに、あの転倒のあとの立て直しは普通できないよね。しかもロミオが乗り移ったかと思うくらいコレオは迫力満点。私が使った音源とはバージョン違うけど、これは絶対見るべき」

明也には、興奮して早口の若菜が何を話しているのかわからない。知らない言語のようにしか聞こえなかった。

そんな明也にかまうことなく、スイッチが入った若菜は一方的に話し続けた。

「それとね、こっちは邑田眞子(むらたまこ)さんの、グランプリシリーズアメリカ大会――」

「待て。この前持ってきた若菜の試合も、まだ見ていない」

話を遮(さえぎ)られた若菜は、ちぇっ、と唇を尖(とが)らせる。

佑都が紙袋からタッパーを出した。

「これは僕から」

蓋(ふた)を開けると、中には小さな洋菓子がいくつも入っていた。

「一之瀬(いちのせ)さんの監修だから、味は大丈夫なはず」

容器の中を見つめる若菜の目が輝いている。

その横で、佑都はうつむいたまま言った。

「明也さん、手術受けてください。このままだと、安心して行けないじゃないですか」

佑都は春から修業する店が決まった。三週間後にはここを離れる。

「人の心配より、自分の心配をしろ」

すでに繰り返された会話は、このあとの言葉まで想像できる。

佑都はいつも通り「わかってるし」と、黙ってしまった。

面会終了近くになると、仕事を終えた珠希がやってくる。時間帯が違うせいで、他の見舞客と顔を合わせることはない。

「手ぶらなんだけど」と申し訳なさそうにしながら、病室のドアから顔を覗かせていた。

本もDVDも食べ物も、明也だけでは処理しきれないくらい持ってくる人がいるから、手ぶらの方が助かる。

「これ以上物が増えたら、俺の居場所がなくなる」

珠希は病室の中を見まわして「それもそうね」と笑った。

珠希と共通の話題があるとすれば、ハツネのことと同じ小学校に通っていたことくらいだ。晴彦の店で酒を飲んでいるときの楽しそうな様子は見ているが、だからといって、酒好きとも違う。東雲のようにのめりこむ趣味があるわけでもなさそうだ。

この人の、何を知っているのだろう。明也は不思議な感覚になっていた。

知りたいと思う反面、知ってしまったら、未練になりそうな気もする。

未練は面倒くさい。二十七年間、ずっとそう思ってきたのだから、今さら変えられない。

「車の運転は嫌いじゃないの」

突然何の話かと思ったが、新潟まで運転してきたのだということを、明也は思い出した。

「学生のころも親の車を借りて、出かけたわ。場合によっては、車の中で寝泊まりして。でも電車の旅も好き。大学時代、一日中電車に乗りっぱなしでどこまで行けるかって試したこともあったわね」

「物好きだな」

「そうかしら。ただあのころは時間が無限にあると思っていたんだけど、会社に勤(つと)めるようになってから、それは錯覚（さっかく）だったって知った」

「時間、か」

明也は先のことをあまり考えたことがなかった。

若菜のように、今が苦しくても未来のために、と思うこともなかった。そして珠希のように懐かしむ過去もない。

振り返ったところで、自分が何をしてきたか思い出せない。思い出は十三歳の事件以降、毎日出るごみと同じように、定期的に捨てていたのかもしれない。捨てられる程度の物しかなかった。

「でも海外はまだ行ったことないわ。沖縄に行くときに飛行機は乗ったけど。国内線だと機内食もほとんどないし、つまらないのよね。ちゃんと食べてみたい」

「ブロイラーの気分を味わいたければ、体験することを勧（すす）める」

「どういうこと？」

「十時間以上じっとして、食事が二度三度運ばれてくる。それも、たいして美味（うま）くない」

「夢のない言い方ね」

呆（あき）れたような口調だが、珠希はやっぱり笑っていた。

明也の少ない人付き合いの経験の中で学習したことは、口を開けば他人を不愉快（ふゆかい）にさせてしまうということだ。本音を口にしても、付き合いが続いたのは晴彦くらいだ。

「……自分で確かめればいい」

「そうね。どこへ行こうかしら。私もお祖母ちゃんにならって、英語の勉強しようかしら」

「旅行くらいなら問題ないだろ。ジェイソンとも、意思の疎通はできている」

「それは彼がうまく聞き取ってくれるからよ。最近日本語のヒヤリングはかなりできているみたいだから。それにせっかくなら、言葉ができた方が楽しそうじゃない」

そんなものかな、と思う。

勉強のために必要だから英語を覚えた。単語や文法を覚えること自体は苦にならない。だけど、覚えた言葉を自分の口から出すときに、どの単語を、どの文法を使えば良いのか、明也は悩む。

「それより亮我はどうしている？」

「来てないの？」

「俺に怒っているらしい」

晴彦は来るたびに「次は亮我を連れてくるから」と言っているが、それはまだ叶っていない。

珠希は暗くなった窓の方を向く。室内が明るいため、ガラス窓に顔が映っていた。

「怒っているというよりは、憧れの人の見たくない姿を見ちゃったって感じかな」

「憧れ？」

「そう。亮我君にとって、明也さんは憧れ。ライバル心を抱いているって言ってもいいかもしれない。あんな風になりたい、いつかは追い越したい、みたいな」

「目標にされるような人生は歩んでいない」

「そう？」

「警察沙汰(ざた)になって、退学処分を食らって、引きこもりになった人生のどこに憧れる？」

「確かにそう言われると、救いようがないわね。でも亮我君にとって、惹かれるものがあったのよ。人間って、そんなものじゃないかしら。百のうち、悪いところが八十あって、良いところが二十だったとして……残りの二十の方を大切にしたくなるってことはあるかもしれないから」

数字だけを見れば、そんなわけはない。でも珠希が言っている意味は理解できなくもない。

珠希と話していると、これまでのように割り切れないことが出てくる。

胸が苦しい。

明也が胸を押さえて深呼吸をすると、珠希が心配そうに顔を近づけた。

「大丈夫？」

「ああ……」

たぶん、と心の中でつぶやきながら、明也は珠希から目を逸(そ)らした。

『すずめの学校』は校長不在につき、しばらくは自習になった。若菜は春休みも補習のため、学校へ行かなければならない。

ハツネは自学できるものをこの期間に極力覚えようと、今は歴史の勉強に力を注いでいる。とはいえ、今日は風邪(かぜ)気味で休んでいた。

佑都もまだ出勤していない。

だから今、店の中には亮我と晴彦しかいない。亮我は最近ぼんやりすることが多い。机に片肘(かたひじ)をつき、テキストをめくっているが、その目が文字を追っていないことは明らかだった。

「亮我は今週、学校へ行かないのか？」

「学年末だから、まともな授業はもうないよ」

「もともと、授業なんて関係ないだろ」

言い返す言葉が見つからないのか、亮我は不貞腐(ふてくさ)れた。

「学校へ行けって言ってんじゃないぞ」

「わかってるよ」

声も不機嫌(ふきげん)だ。

『すずめの学校』が開校したときとは違うが、最近ちょっと荒れていて、扱いづらい。

その理由はわかっている。わかっているがさすがにうっとうしくなってきた。

「暇だったら、見舞いでも行けばいいだろ。佑都も若菜もハツネさんも行ってるぞ」

「そんな暇はない！」

「でも明也は待っているぞ。亮我が来るのを」

「なんで？」

「そりゃ、会いたいからだろ。亮我は明也の様子が気にならないのか？」

「……どうせ、晴彦たちが行ってるし。何か大きな変化があったら、黙っていないだろうし」

「そりゃまあ、そうだけど。でも、いつまで小康状態を保っていられるかわからないって、医者には言われてる。替えた薬が今のところ効いているけど、それは病気を治すものじゃなくて、進行を遅らせているだけだから。というか、とっくに手術を受けなきゃならないことも、危険だってことも変わらない。体力もだいぶ落ちているし、手術するにしても、これ以上遅くなれば成功率は……」

「――だよ」

声が小さくて聞こえない。晴彦が「ん？」と訊き返すと、亮我は突然声を張り上げた。

「だからだよ！　医者に危険な状態って言われているのに、手術を受けないことが頭にくるんだ。何を考えているのか理解できない。何で病気を治そうとしないんだよ！」

亮我は顔を真っ赤にして叫んでいた。気に入らないことがあると寝そべって手足をばたつかせている、子どものようだった。

「……何か、妬ける」

「はあ？」

「だって、明也のことが好きで好きでたまらないって、感じにしか聞こえないし」

「バッカじゃねーの！」

「うん。オレはバカだ。ただ、勉強はできなくても想像はできる」

「意味わかんないんだけど」

「明也は、父親へのコンプレックスっていうか、愛されたって記憶がないんだよ。だから自分のことを大切にする方法がわからない。まあ、明也の親だからな。オレも一度だけ小学校の文化祭で見ただけだけど、気難しそうで怖そうなオジサン、って印象しかなかった。大学の教授？　か何かで、凄く頭がいい人だったのは聞いたことがあるけど」

「この親にしてこの子あり……」

「そんなとこ」

　晴彦が妬けるのは、戸籍上は父子関係になっている亮我が、明也にばかりなついていることだ。しょうがないことは理解している。晴彦は本当の親でもないし、明也の方が尊敬できる部分が多いから。

　それでも、やっぱり妬ける。オレが亮我の父親だって、言いたい。言われたい。

「明也の父親への気持ちがうまく解消できれば、変わるんじゃないかと思うんだ。中学のときやらかしたのだって、父親に振り向いて欲しいところはあったと思うけど、そのときも結局、父親は方々に頭は下げたものの、明也と向き合うことはしなかったみたいだし。これは、明也から聞いた話にオレの想像を付け加えているから、事実と違うところがあるかもしれないけど」

亮我は「うん」とか「そっか」と相槌（あいづち）を打っていたが、しばらくうつむいたまま、置物のようにじっとしていた。

「明也もバカだよなあ。生きることにいちいち理由なんて探さなきゃいいのに。好きな人たちと一緒に美味いもの食って、笑って、それでヨシと思えば人生楽しいのに」

「晴彦……」

呆れているのか、亮我がため息交じり（ま）に呼んだ。

「ハイハイ、オレみたいなバカばっかじゃ、この国はなくなりますよね。わかってるって。亮我や明也たちのような賢い人たちが頭を悩ませてくれているから、回っているんだってことくらい」

「晴彦」

亮我が顔を上げた。

「明也さんの家の鍵、貸してもらえる？」

「それは構わないけど……見舞いに、本か何か持っていくのか？　それはハツネさんがかなり……」

「違う。まだ行かない」

口調は強い。でももう、さっきまでの感情の乱れは見られない。

亮我は落ち着いた表情になっていた。

「お、おい、亮我。何するつもりだ？」

明也の家に入った亮我は、真っ先に父親の書斎へ向かう。玄関の鍵を開けたのは晴彦のはずなのに、亮我はもうずっと前を歩いていた。

「亡くなった人には、今さら訊けないから。ね、この部屋の鍵は？」

「明也の了承もらってないんだろ？」

「言わなきゃバレないよ。だって明也さん、この部屋に近寄らないんでしょ」

「オマエなあ……」

亮我のやり方は強引だ。だけど今は、亮我の行動を手助けした方が良さそうだと、晴彦の野性のカンが働いた。

「わかったよ。ちょっと待ってろ。鍵を持ってくるから」

施錠（せじょう）してある部屋の鍵は、居間の壁にかけてある。

鍵を持ってきてドアを開けると、埃（ほこり）っぽいようなかび臭いような臭いが鼻をついた。

晴彦と亮我はくしゃみを繰り返す。窓を開けて風を通すと、少しは空気が綺麗になったような気がした。

「……凄いな」

部屋は十畳くらいだろう。ドアの正面には大きな窓がある。

この書斎も明也の部屋と同じく板張りだが、深く濃い色合いの床板は、いくつもの傷がついている。窓や壁の調和を見ると、建築当初からここだけ洋室だったらしい。

部屋には納戸へ続くドアもある。四畳程度の窓のないその空間には、びっしりと段ボール箱が積み上げられていた。

両脇の壁は天井まで届く本棚に、隙間がないほど本が入っている。

亮我は本棚に近づき、一冊抜き取った。

「何語かな……」

「日本語と英語以外にもある……か?」

「うん。何か国語もあるみたい」

背表紙の文字を見ても、晴彦にはそれがどの国の言葉なのかはわからない。

「この場所から、何かを探し出すって、できるのか?」

「さあ、どうなんだろう」

言葉は心もとないが、亮我の表情は明るい。

知的好奇心がうずくのか、目を輝かせて、いろんな本を手に取っていた。

「ところで、何でこの部屋を調べるんだ?」

「さっきも言ったよ。死人に訊ねることはできないから」

「そうじゃなくて。なんで明也の父親のことを調べる必要があるんだ？　それで何かわかるのか？」

「そんなことは、僕だって知らないよ。ただ……好きの反対は嫌いじゃなくて無関心って言うでしょ」

「それが？」

「この前来たときに思ったんだよね。明也さん、お父さんのこと、何かこだわっているんだろうなって。だって一人暮らしなのに使わない部屋、わざわざ鍵をかけたままにする必要ないでしょ。特に用がなければ、立ち入らなければいいだけなんだから。それなのに、鍵をかけていたってことは、本当は見たい……っていうか、知りたいんだよ。お父さんのこと」

「そんなものか？」

「きっとね。それに晴彦だって言っていたし。明也さんは父親に対してコンプレックスを抱いていた、愛された記憶がないって。だからさ、明也さんと父親の間に、少しでもいいから、なにかつながるようなものがないかなって思うんだ」

「そんなもの、あるのか？」

　さあね、と言いたそうに、亮我は軽く肩をすくめた。

「探してみないことにはわからないよ。ま、この感じだと時間はかかりそうだから、晴彦は帰っていいよ。お店があるでしょ。しばらく僕は帰らないかもしれないけど、心配しないで」

ダメだと言いたい。夜くらいは帰ってこいと言いたい。

だが亮我に時間はあっても、明也にはそれが残されていない。

「わかった。戸締まりと火の始末だけはしっかりしとけよ。望が仕事から帰ってきたら、夕飯持ってきてもらうから」

せめて、美味い弁当くらい作ろう。

すでに探し物に夢中の亮我は「ん」と短い返事をしただけだった。

三日間、亮我は家に帰ってこなかった。その間晴彦は何度も食事を運び、亮我の様子を見に行った。

ちゃんと寝ているのか不安になるが、特に変わった様子はない。むしろ、いつもよりもイキイキとしている。

「いったん帰って、ベッドで寝たらどうだ？　風呂にだって入ってないし……」

視線は本に落としたまま、亮我は「そうだね」と答える。

明也の父親の書斎は、三日前に晴彦が見たときよりも雑然としていた。

「これ元に戻せるのか？　何も見つからなかったとき、ここに入ったこと、どう説明するんだよ」

「大丈夫だよ。もともとあった物の位置は記憶しているから」

亮我は自分の頭を、トントンと指でつついた。

「今、何を読んでいるんだ？」

「んー……フランス語とかドイツ語とかイタリア語とか」

「読めるのか？」

「それは無理。ただ、この部屋に仏、独、伊辞典があったし、スマホで検索したから、どれがどの言語なのかくらいはわかるようになった。発音はサッパリだけど」

「そっか……」

やっぱり自分とは頭の出来が違う。

「でも今日は一度帰る。さすがに僕も着替えたい」

「わかった。じゃあ、オレはちょっと居間の方へ行ってる。キリが良いところになったら、下にきてくれ」

「──ん」

晴彦が階段を半分くらい下りたとき「晴彦！」と呼ばれた。慌てて階段をまた上がる。

書斎へ行くと、亮我が一冊の本を両手で胸に抱えていた。

「わかったかもしれない」

「え？」

「きっと……だけど。晴彦の目線で見てみれば、世界はわかりやすいのかも」

それが正しいのか間違っているのか、褒められているのか貶（けな）されているのか、判断に困る晴彦は「そっか」としか言えなかった。

病室のテレビは、二年前の世界選手権の映像が流れていた。

「ようやくここまできた」

明也がリモコンの停止ボタンを押すと、珠希の顔にくっきりと「お疲れ様」の文字が浮かんだ。

若菜が見舞いのたびに置いていくＤＶＤは、徐々に減ってきていた。明也はさほど興味はなかったが、毎日見ていれば、ルールは理解できるようになった。

「ハツネさんが持ってきた本も読んだ」

「うん、何か、ごめんなさい。でもまた、持ってくると思う。お祖母ちゃん、選ぶの楽しんでいるし……」

珠希が視線をそらす。ハツネは恐らく、次も明也が手にしないような本を選んだのだろう。

「構わない。スケートも恋愛小説もそれなりに楽しめた。未知の世界に踏み込んだ気分だ」

「なら良いけど」

「ただ……」

具合の悪さが日ごとに増している。息苦しくて眠れない夜も増えた。医師にはもうこれ以上は待てない。今すぐにでも手術を受けるべきだと、毎日説得されている。

それでも明也は、やっぱり首を縦に振ろうとは思わなかった。ただ、可能ならもう少し、この時間を楽しみたかった。

「みんな、明也さんに感謝しているわ」

「突然どうした？」

「ずっと言いたかったけど、伝える機会がなかっただけよ。嘘じゃないわよ。感謝している」

「たまたまいたのが俺だっただけで、他の人でも良かったはずだ」

「そんなことない。お祖母ちゃんは本当にそう言っている。学校が楽しい。毎日楽しいって。仕事をやめてから、退屈そうにしていることが多かったけど、今は本当に楽しそうだもの。それに亮我君だって、最初に会ったときよりも、凄く積極的になった感じがする。勉強に対しても、今回明也さんを探すことに対しても」

「よしてくれ」

「ううん、こんなときじゃないと言えないから、言わせてもらうわ。佑都君もそう。デザートの担当になったときに言っていたじゃない。明也さんの一言が嬉しかったって。それって、新しく一歩を踏み出すときに、明也さんが背中を押したってことでしょう？　あと若菜ちゃん。ちゃんと彼女気づいているわよ。スケートリンクを用意してくれた意味を。あの時間があったから、若菜ちゃんは前を向くだけじゃなくて、進むことができているんだと思う」

珠希が熱く語っているが、聞いている方は恥ずかしい。自分はそんな立派な人間じゃない。むしろ、後ろ指をさされるような過去さえある。

「だからね、きっと……過去はもう過去のことで、みんな、今の時間が流れているんだと思う」

「そうだといいな」

「絶対そうよ。みんな、みんな、ね」

珠希は「みんな」を強調する。なぜ強調するのか考えると、そこには自分も含まれているのではないかと思った。いつまでも過去に囚(とら)われるなと、言われているような気がした。でも明也の時間はもうすぐ止まる。その「みんな」に自分が含まれていて、良いのだろうかと思う。

何も言えずに黙っていると、珠希が病室にある時計に目を向けた。

「私、そろそろ帰るね」

面会時間は二十時まで。いつもはだいたい、ギリギリまでいるが、今日はまだ三十分もある。

「何か用でも？」

「ううん。明日は仕事も休みだから遅くても大丈夫だけど。ただ、具合が悪そうだから休んだ方が良いかと思って」

立ち上がる珠希の腕を明也は無意識につかんでいた。

「え？」

「あ……」

「明也、起きてるかー？」

弁当の入った袋を片手に、遠慮（えんりょ）のない態度で晴彦が入ってくる。が、目を真ん丸にしたまま、入り口で足を止めた。

明也と珠希。そして晴彦と亮我。

気まずい空気の中、最初に口を開いたのは亮我だった。

「お邪魔しました」

「ちょっ、ちょっと亮我。せっかく来たのに」

「でも、邪魔だよ」

「ううん、私、帰るところだったから。二人ともどうぞ」

慌てて出口に向かう珠希を、亮我が止める。

「時間があるなら珠希さんもいて」

「でも……」

晴彦もそれに賛成する。

「先輩もいてください。夕飯、かなり作ってきちゃったんで」

晴彦のこういった配慮は、明也はマネができないと思う。

入院してから晴彦は、何度も食事を持ってきてくれたが、言葉通り、作り過ぎたのかと思うくらい、その日は豪華な弁当だった。

「少しでいいから明也も食えよ。病院の先生や東雲さんに相談して作ったから」

「いらない」

病院の食事は味気ないし、そもそもずっと食欲がない。佑都が持ってくるお菓子も、ほとんどは手付かずで、食べるのはもっぱら見舞いに来る女性たちだ。

「そんなこと言って、病院の食事もほとんど食べていないって、ハツネさんに聞いたぞ。まあでも、病気のときに食うのは辛いよな。だからさ……」

晴彦が保温容器を出して、蓋を開ける。湯気とともに、ホッとするような香りが病室の中に漂った。

「重いものは喉を通らないだろ。だからスープにした」

明也は渡されたスプーンを受け取って一口飲む。牛乳の香りが口の中に広がり、舌の上に残るのは……。

晴彦がニカッと唇を横に引いた。

「カリフラワーをかなり入れたんだ。牛乳と相性も良いし、ビタミンやカリウムも豊富に含まれているから」

もう一口飲むと、玉ねぎと出汁の風味も感じた。

「出汁は魚からとった。病人向けにあっさりと仕上げたかったから、今回はカツオを使った」

具材はすべてつぶされていて、スープの中に何が入っているか見えないのに、素材が次々と明也の口の中で主張する。個性はあるのにまとまっているのは、バランスが絶妙なのだろう。

明也の頭の中に、「すずめの学校」の生徒たちの顔が浮かんできた。

「美味いな」

「え？　明也……今、何て言った？」

晴彦が耳を傾けて明也に近づき、もう一度言えと迫ってくる。

いつもなら、耳でも悪いの？　と言いそうな亮我でさえ目を丸くし、珠希に至っては、口を開けたまま固まっていた。

明也は余計なことを言ってしまった、と思った。だが考えて話したわけではない。口から思わずこぼれた言葉は、止めようがなかった。

「……空耳だろ」

「いや、言った。絶対、今、美味いって言った！」

晴彦が顔をくしゃくしゃにしながら両手を上げる。そして廊下にまで漏れそうなくらい大きな声で叫んだ。

「やった！　ついに明也に美味いと言わせた！」

亮我と珠希が、すかさず「しー」と唇に人差し指を立てた。

「ご、ごめん。嬉しくてつい」

弁当の半分近くは亮我の胃の中に入ったが、珠希や晴彦もよく食べていた。

明也はあまり食べられなかったが、それでも、こうしてみんなと一緒にいるのは楽しい。

一通り食事が終わると、亮我がカバンから一冊の本を出した。

「この本、明也さんのお父さんの書斎にあった」

「書斎？」

明也が晴彦を見ると、晴彦はすぐさま頭を下げた。

「悪い！　無断で入った。いや、なんていうか……」

「僕が頼んだんだ。ごめんなさい」

亮我も頭を下げる。

父親が亡くなった直後、相続の書類を作るために明也も入った。が、ここ二年はずっと閉め切ったままだった。

どうせ、自分がいなくなれば、誰かが入ることになる。

「構わない。で、この本がどうした？」

「これ、イタリア語の本なんだけど」

「そうみたいだな。残念ながら、俺もイタリア語はほとんど読めない」

表紙の文字を見て、何となくそうだろうと見当がつくくらいだ。

「明也さんのお父さんもそうだよね？」

「わからない。そういったことまで話したことはなかった。英語とドイツ語とフランス語は話せた気はする」

「うん、きっとそうだと思う。本棚に入っていたのは、それと日本語の本だけだったから。でも一冊だけイタリア語の本。心当たりはある？」

「いや……」

イタリア語も勉強しようとしていたのだろうか。

本の傷み、黄ばみ具合を見ると、それなりに時間は経っている。十年いや、二十年は超えていそうだ。

亮我が明也に本を押しつけた。大判で硬い表紙の本は、ずっしりとしていた。

「開いてみて」

言われるがまま、明也はページをめくる。

中はカラー写真と、それに解説がついている美術書のようだった。

物理学を専門としていた明也の父親は、目に見える世界しか信じないと言い切るような人だった。音楽を聴いている姿も、絵画を鑑賞するところも、一度も見たことがない。

「こんな趣味があったのか」

「たぶんないよ」

「でもこうして……」

「部屋にはたくさん本があったけど、美術の本って、それ一冊だったんだ。見事なくらい、芸術関係の本はなかった。小説だってほとんどなかった」

亮我のその話は、明也が覚えている父親像にしっくりくる。

だがそれなら、どうして読めないイタリア語の美術書があるのか。

「どうしてそれを買ったのかはわからない。発行年月日は二十三年前。イタリアの出版社の本みたいだから、現地に行ったときに買ったのかもね。そのころお父さんは、イタリアへ行った？」

「四歳のころだ。覚えてない。不在がちだったし、ヨーロッパへ行くこともあったみたいだから、何かの折に訪れていても不思議ではないが……」

パラパラとページをめくると、紙が一枚ズレていることに気づいた。ページが脱落したのだろうか。

明也がその紙のあるページを開くと、まったく違う材質の紙が出てきた。画用紙に色鉛筆で描かれた絵だった。

「この絵は、覚えてる？」

覚えてはいない。いないけれど、その絵を描いたのが自分だということは、明也は知っていた。何で覚えたのかはもう忘れてしまったが、画家が自分の絵にサインを入れることを知ってから、明也は自分の落書きに名前を書いていたからだ。

「なんでこんな絵が……」

「息子が自分を描いてくれた絵だからじゃない？　それどころか、きっと明也さんのお父さんは息子が将来、画家になると思ったんだよ」

「まさか」

「でも、美術に興味がない人が、わざわざイタリアで読めない本を買って、そこに自分の子どもの絵をはさんでいたんだよ？　そうじゃなければ、何のため？」

明也は必死に考えた。

「イタリアへ行ったときに、たまたまこの本をもらって、帰国後に本棚にしまおうとしたとき、近くに俺の絵があって、偶然はさみ込んでしまったとか？」

「たまたまとか、偶然とか、そんなに重なる？　確率としたら、凄く低くない？」

「三、四歳児が描いた絵を見て、将来画家になるなんて思う親はいないだろ」

「あ……います」

珠希がおずおずと口をはさんだ。

「絵じゃなくて、音楽だけど。私、子どものころピアノを習っていたの。小学校でやめたくらいだから、たいして弾けないけど。でもわりと耳が良かったのか、テレビで聞いた音楽を、楽譜なしで弾いたりしていたの。そうしたら父が、この子は将来ピアニストになる。それなら早いうちからちゃんとしたピアノを与えた方が良いって、お金もないのにグランドピアノを――買おうとして、母に止められたということがあったわ。だからそういうこともあるんじゃないかしら？　この絵、四歳にしては上手だし」

「そう。明也さんの親だもの。ちょっとくらい発想がどこかへ飛んでいっていても、不思議じゃないと思う。それに……もちろん世の中に例外があるのは知っているけど、ほとんどの人は、自分の子どもを愛していると思うんだ。だってほら、他人の子どもでも、愛してくれる人がいるんだから」

ノートくらいの大きさの紙に描かれていたのは、明也と父親が手をつないで歩いている絵だった。この絵と同じことが、あったのかは記憶にない。もしかしたら、明也の願望を描いたものなのかもしれない。

確かめようにも、両親はもうこの世にいない。

もっとも明也からすると、たとえ生きていたとしても、父親とは一生、わかり合えないと思う。でもお互いに生きていれば、もしかしたら。

ただそれはもう、無理な話だ。叶うとすれば、明也が父親と同じ場所へいったとき――。

明也の胸が締め付けられる。息が苦しい。視界が歪んでいく。

亮我の声がした。

「僕も、いますぐは無理でも、晴彦……父さんのこと、いつか少しはわかるかもしれないって思っている」

一瞬、病室の中がしんとした。だが、次の瞬間、晴彦の「お、おい！」とテンションの高い声が響く。

「ちょっと待て！　今、父さんって言ったよな？　言ったよな！」

晴彦の言葉は震えていて、笑っているのか泣いているのかわからない。だがすぐに、声をのみ込むような不自然な呼吸になった。

「……ったく、今日は何て日だよ。こんな……二つも、願いが叶うなんて」

やがて晴彦の嗚咽が聞こえてきた。

きっと亮我は、今、真っ赤になっていることだろう。言わなければ良かったと思っているかもしれない。

でも、言わなければ伝わらない。それは生きている相手にしか伝えられない。

明也は何だか夢を見ているような感覚になっていた。まぶたの裏に浮かぶのは、この十か月間の光景。

晴彦がカウンターに立ち、亮我とハツネが座敷で勉強する。佑都がフロアを動き回り、学校から帰ってきた若菜がドアを開ける。

そして明也は、カウンターでいつものようにパソコンをしている。明也にとってそれは――。

「帰りたい」

「え、何？　明也さん、苦しいの？」

珠希の声が耳元でする。そうだ。夜には珠希もやって来る。カウンターに並び、晴彦の料理に箸を伸ばす。

昼も夜も、明也は『すずめ』にいる。
だから『すずめ』に帰りたい。心の底からそう、思った。

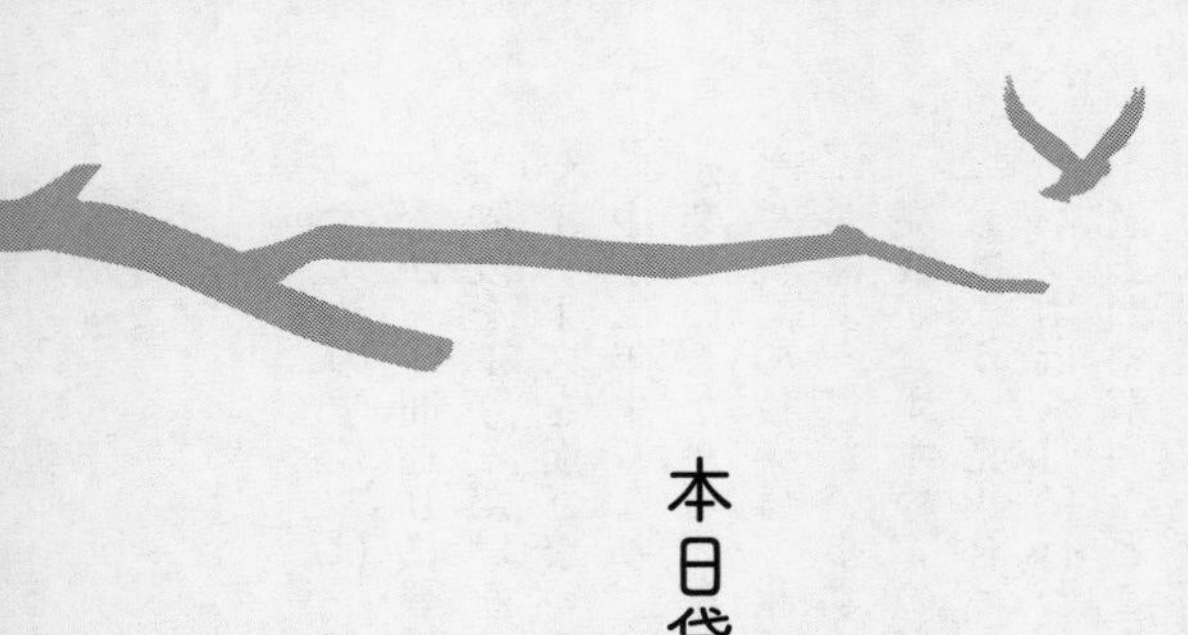

本日貸切

『すずめの学校』は午前九時から午後四時半。ただし出席も登校時間も自由だ。

だから時間通りに登校するのはハツネだけで、亮我はその三十分後にしか来ない。

階段を下りるだけなのに、と晴彦が言うと、亮我は「フリースクールなんだから」と、マイペースを崩さないでいる。

中学二年生になり、亮我は中学校への登校日数が増えた。目的は体育。身体を動かすのが楽しい。だから体育のある日は登校する。ない日は『すずめ』にやってくる。学校の数学や英語の授業は、相変わらず退屈極まりないとこぼしていた。

「おはようございます」

亮我が『すずめ』のドアを開けると、いつものように、ハツネはノートを広げていた。

「おはよう、亮我君」

ハツネは八月に行われる、高卒認定試験に向けてラストスパートをかけている。

過去問を解いたところ、ほとんどの科目で、合格ラインを越えていた。英語に至っては、今では国語に次いで、得意科目になっていた。

「ねえ、亮我君。申し訳ないんだけど、手が空いたときで構わないから、あとで教えてもらえるかしら？」

「いいですよ。数学ですか？」

「そう。数Ⅱはやっぱり難しいわね」

数学は高卒認定試験には関係ない範囲にまで手を伸ばしている。ハツネの中では、大学受験も視野に入れているらしい。

「亮我君は今何を勉強しているの？」

見慣れないテキストを開いている。

「……イタリア語」

ハツネは笑った。笑ったけれど、それ以上は追及しない。

「一年前の亮我君からは想像できないわね」

「そうですか？」

「ええ。以前なら、真っ向勝負を挑（いど）んで、撥（は）ね返されていた感じがするから」

「そんなことは……そうかもしれません。でもそれ、無駄だなって思って。あ、無駄とはちょっと違うかな。なんて言うか……追いかけても仕方がない人を追い続けるのは、不毛って思ったんです。諦めたわけじゃないですけど」

「追いかけても仕方がない、か。そうねえ……」

ハツネと亮我は、どちらからともなく、カウンターの端の席を見た。

今は誰も座っていない。定位置にいた人の姿はない。

「あー、暑い、暑い」

「うわー、ここは涼しい」

晴彦と佑都が一緒に店に入ってきた。

気温が上がっているのか、外から来た二人は、汗でシャツが張りついている。

「店の外で偶然、佑都と会ってさ」

仕入れから帰ってきた晴彦は、冷蔵庫に魚をしまっていた。

「一本早い電車に乗れたので」

佑都はハツネと亮我のところへやってきて、発泡スチロール製の箱のふたを開けた。

「うわあ、素敵ね」

「美味しそう」

ハツネは見た目の美しさに見惚れ、亮我は喉を鳴らしている。

保冷剤がぎっしり詰まった中には、色とりどりの洋菓子が並んでいた。

「佑都君が作ったの？」

「まさか。これはうちの先生の作品。僕はまだ下働きだから。あ、でも。この前、お店の人が風邪をひいて、人手が足りなくなったときに、ちょっと手伝わせてもらった。リーフパイの型抜き。自分がちょっとでもかかわったものをお客さんが買っていくところを見るのは嬉しかった」

「そう。頑張っているのね」

「朝早くて、めげそうだけど」

「でも、辞めるつもりはないんでしょう？」

愚痴は重くなく、フワッとしている。疲れてはいるだろうが、ここにいるときよりも表情も引き締まり、ハキハキと話すようになった。

「で、どれ食べていいの？」

亮我が箱に手を伸ばす。そうなることを見越していたのか、キッチンから晴彦の声が飛んだ。

「おーい、デザートはまだだぞ。昼飯は一時間後だからな」

「ケーキ一つくらい食べても、お昼食べられるよ」

「ダメだ」

「えー」

「オマエな。ちっとは親の言うこと聞けよ」

「はーい、わかりました。晴彦」

亮我はニヤニヤしている。そんな亮我を見て、晴彦は苦笑いしていた。

「僕、手伝います」

佑都がカウンターの中へ入る。二人がキッチンで忙しく動き始めた。

三十分ほどすると若菜がやって来た。

「あっつーい」

若菜の顔は真っ赤だ。額からダラダラ汗を流している。息も切れていた。

「若菜ちゃん、もしかして走ってきたの？」

「ハイ！　試験が終わったあと、学校を飛び出してきました」

「そう、手ごたえは？」

「まあまあ、的な？」

チラッと舌を出した若菜は、佑都から氷の入ったグラスを受け取ると、一気に飲み干した。

「だって、三年生の勉強って難しいし。でもたぶん大丈夫。赤はない」

ビシッと親指を立ててどや顔をしているが、若菜のいう「赤はない」は「赤点ではない」というだけで、高得点が取れた手ごたえ、とはまったく違う。

ただ若菜は、大学進学を考えていないため、今のところ高校は卒業できれば良いらしい。

最近はスケートの練習にも復帰した。ただし、もう大きな大会を目指すのではない。

『やっぱり人前で滑るのが好き。だからショーのオーディションを受ける』という目標を見つけた。

子どもからお年寄りまで人気の、世界を巡るアイスショーだ。被り物をしたり、キャラクターに扮したりするため、スケーターの名前が前面に出ることはない。ただ、観客を楽しませるという意味では、若菜の目指している世界だ。

「勉強は必要でしょ。特に英語」

ハツネの正論に、若菜は肩を落とした。

「頑張ります……」

亮我が時計に目をやる。

「遅い」

ハツネと若菜がドアの方を向いた。

「来ないわね」

「まさか、その辺で倒れていたりなんてことは……」

不安をあおる若菜に、亮我が腰を浮かせる。

そのとき、ドアが開いた。

「遅くなった」

まったく反省の色が見えない様子で、背の高い男がやって来た。

「校長先生が遅刻ー」

若菜が人差し指を突き付けると、嫌そうにしながらも「悪い」と言った。

「うわっ謝った」

晴彦が薄気味悪そうな目を男に向けている。だがその奥にあるものは、安堵(あんど)と喜びだ。

「どうしてこんなに遅くなったんだよ」

「……寝坊」

「コイツ最低」

からむ晴彦に、男は虫でも追い払うように手を振った。

「うるさいな。ここは出席自由な学校だろ」

「そーだけどさー。ま、いっか。せっかく久しぶりに、全員集まったんだし」

今日は夏まつりを前にして、イベントの計画を練ろうということになっている。

「その前にメシ食うぞ！　みんな、運んでくれ」

あっという間に、テーブルの上に料理が並べられる。

春巻きの皮のカルツォーネ風に、てんぷらと刺身。カリフォルニアロールに、骨付き豚肉のローストとハッシュドポテト。深めの皿にはカリフラワーのポタージュ。その他、晴彦の得意料理が何皿もある。

料理を目の間にした亮我が喉をならした。

「種類、バラバラだね。食べごたえがあるから、僕は嬉しいけど」

晴彦が声を出して笑う。

「ウチらしいだろ」

「……確かに」

この統一感のなさが『すずめの学校』だ。でも、これで良い。これが良い。

「ああそうだ。スフレを食いたいヤツは、あとで佑都に頼んでくれ。材料は用意してあるから」

飲み物の準備をしていた佑都が手を止める。

「僕は良いですけど……ケーキがありますよ？」

「それは土産にしても良いだろ。適当な箱はあるし」

「わかりました」

亮我はすでに箸を持っている。スタートの合図を待つランナーのように、今か今かと機会をうかがっていた。

「食べるのは、いただきますをしてからだ」

「わかってるって」

賑やかしいテーブルの中で、隣に座ったハツネは、男に耳打ちするようにささやいた。

「今日は残業がなさそうだから、夜、お店に来るって言っていたわ」

名前を出さずとも、男にはそれが誰なのかはわかっている。

うなずきながら、小さく口元がほころんだ。

「ホラ、みんなグラスを持って！」

晴彦がグラスを掲げて、大きく息を吸う。

「か――」

「カンパイ！」

それよりも一瞬早く、みんなの声がそろって店の中に響いた。

ハルキ文庫 さ25-1

居酒屋すずめ 迷い鳥たちの学校

著者 桜井美奈

2020年5月18日第一刷発行

発行者 角川春樹

発行所 株式会社角川春樹事務所
〒102-0074 東京都千代田区九段南2-1-30 イタリア文化会館

電話 03(3263)5247(編集)
03(3263)5881(営業)

印刷・製本 中央精版印刷株式会社

フォーマット・デザイン 芦澤泰偉
表紙イラストレーション 門坂 流

本書の無断複製(コピー、スキャン、デジタル化等)並びに無断複製物の譲渡及び配信は、著作権法上での例外を除き禁じられています。また、本書を代行業者等の第三者に依頼して複製する行為は、たとえ個人や家庭内の利用であっても一切認められておりません。
定価はカバーに表示してあります。落丁・乱丁はお取り替えいたします。

ISBN978-4-7584-4338-8 C0193 ©2020 Sakurai Mina Printed in Japan
http://www.kadokawaharuki.co.jp/[営業]
fanmail@kadokawaharuki.co.jp[編集] ご意見・ご感想をお寄せください。